U0469667

HABENT·SVA
书自有命
FATA·LIBELLI

高峰枫 著

上海文艺出版社
Shanghai Literature & Art Publishing House

序言："事上磨炼"

忽一日，我猛然发现，我知道的"理"太多，而知道的"事"太少。

不用提前准备，我就能像报菜名一样自动播报各式各样的"主义"、各家各派的 -ism 和 -logy。但如果问我具体的事件、事例、事实，我就一脸茫然，想办法闪躲。上学的时候，我可以娴熟地分析《黑暗之心》的殖民主题，却叫不出历史上任何一位殖民者的名字，也不知道刚果河流经哪些国家。

当然，在候诊队列中，还有一大批重症患者排在我前面。他们好谈"理"，各式的道理、哲理、玄理、义理，花团锦簇，花拳绣腿，孜孜不倦，滔滔不绝。一旦陷入"理障"，就会滋生夸夸其谈的胆量，在云雾中欢欢喜喜地搬弄概念的戏法。日子一长，精神会浮肿，心灵会虚胖，还会分泌出与年龄不成比例的虚矫和傲慢，以为自家思想像隧道一样深邃，幻想自己是孔子附体、柏拉图转世。

在很多场合，我都曾观摩过舌绽莲花的理论家和思想家，自嗨地上演理论杂耍。而演出结束后，往往不能回答有关事实和史实的“低级”问题。这也多少印证了我的猜想。或有少数人具备洞幽烛微的思辨功夫，但更多人貌似不屑去研究琐碎的“事”，实则先天缺乏研究“事”所需要的专注力、洞察力和统摄力。约翰生博士说过，爱国主义是恶棍最后的避难所。修改一下，我们也可以说：玄虚的“理”是思想家和空想家最方便的避难所，让他们有体面的借口去躲避更复杂、更难处理的“事”。

过去读王阳明，对两段话印象深刻。一处说：“人须在事上磨，方立得住，方能静亦定，动亦定。”（《传习录》上第 24 章）另一处说：“人须在事上磨炼，做功夫乃有益。若只好静，遇事便乱，终无长进。”（《传习录》下第 4 章）。两段话讲的虽然是存养的功夫，但借来谈学术，也是分毫不差。做学术，同样需要“事上磨炼”，就是在具体入微的“事”和“物”上磨炼学问。

“理”让人浮肿、傲慢，“事”让人强健、谦虚。认识到这一点，我开始有意识地多了解“事”。这个集子里收录了八篇文章，写于 2015 年到 2022 年之间。每篇的篇幅都比收在《古典的回声》和《古典的回声（二集）》中的文章长。文章的主题不同，写作的机缘不同，但“事上磨炼”这个意识，大约是这些文章背后的整体关怀。

大概在 2009 年前后，我决定翻译《册子本起源考》

（*The Birth of the Codex*）一书。我自认为是个爱看书的人，但“书”这件东西，这个整天买、整天看、整天画线的物件，在西方古代是个什么样子？是不是我们现在习以为常的形制？抱着这样的想法，我开始翻译，边翻译、边学习，了解了西方古代书籍制度从卷子装逐渐演变到册页装的过程。《从卷子本到册子本》一文，便是我追踪这件事的一个记录。《西奈抄本的发现和收藏》则是这项研究的延续，因为这件制作于公元四世纪的希腊文圣经全经的抄本，正是册子本这种书籍形制开始流行之后存留的珍贵写本。若研究西方古书的制作技术和缮写工艺，研究典籍流传和圣经的版本校勘，与其绞尽脑汁编出各式理论，不如看一页《西奈抄本》的高清数码照片。更何况从19世纪开始，这件文物从西奈半岛的古老修道院来到沙皇宫中，又在1932年由英国政府和人民集资从苏联政府手中购买。文物的命运，就是浓缩的近代史，把这件事叙述清楚，肯定胜过把玩各种“主义”。

其他文章，也都贯穿这样的思路。19世纪英法探险家在现今的伊拉克发掘出古代亚述文物以及大批楔形文字泥板。这一惊人的发现，改变了所有人对古代文明的认识。对于欧洲人而言，圣经记述的历史真实性或被捍卫或遭质疑，有关希伯来与巴比伦文明孰优孰劣的问题发生过激烈争论，亚述巨像降临伦敦带来了对“帝国”概念的新思考，所有这些学术和文化上的激荡和回响，都值得认真追溯、记录、思考，远不是“东方主义”“殖民主义”或其他不同型号的“主义”所能全面覆盖和阐明的。只有对这些历史上真实的“事”和“物”做一番追索，才有可能治愈空谈和玄理带来的谵妄、臆想症和软骨病。

本书的题目《书自有命》，是从朋友王丁那里借来的。王丁教授曾发表一篇文章，题为《书自有命——福克司旧藏〈高松竹谱〉的原本与摹本》，刊载于《耿昇先生与中国中外关系史研究》下册（中国社会科学出版社，2022 年 8 月，第 1120—1129 页）。“书自有命”四个字，翻译的是一句拉丁文成语：Habent sua fata libelli，字面义就是：书籍都有独属自己的命运。这句成语取自公元二世纪罗马诗人特伦提亚努斯（Terentianus Maurus）的半行诗，原诗完足的形式写作：Pro captu lectoris habent sua fata libelli，意思是“依照读者的能力，书籍会有各自的命运”。原诗的意思，指书籍会以不同方式被解读，大约就是爱默生所说“一千个读者有一千个维吉尔”的意思（见我最新发表的文章《一千个哈姆雷特和一千个维吉尔》）。但后来，后半行甩掉前半行，单独流传，又与原诗整体语境渐行渐远，经常用来指图书的聚散，所谓“各自的命运”就是书籍流散的去处。这句拉丁成语并不算生僻，我也见过其他中文译法，但译得大多肿胀、累赘。看到“书自有命”如此简净、优美的译法，我当即念诵数遍，只觉满齿生香。中文四字，与拉丁四词，严格对应：书 libelli 自 sua 有 habent 命 fata，真是若合符节，字字有着落。特别是中文读起来，有刀削斧凿一般的铭刻感和金石感。对于我“拿来主义”的请求，王丁教授慨然应允，所以要特别感谢他高超的译法和慷慨。

细想起来，“书自有命”，无论其本义（诗无达诂），还是引申义（图书的聚散），都可以笼罩此集中的文章。书籍形制的改变，《西奈抄本》的流亡，亚述雕像和泥板从伊拉克运抵伦敦和巴黎，都涉及书籍在物理形态和地理方位上的改变，而这些物理或空间变化，又带来文化上绝大的冲击。另一方面，西方痴迷于寻找亚特兰蒂斯的史前文明，实则又可视为对柏拉图两篇对话两千年来不断变化的诡异解读。近年所谓《耶稣之妻福音书》，本来出自物理意义上的伪造，竟然蒙蔽了理论先行的著名学者，直到被机警的非专业人士戳穿，才结束了这件赝品短暂而虚幻的辉煌。这个最新的文物作伪案，简直是一个现代寓言，符合“书自有命”各个层面的意思。而肖斯塔科维奇《见证》一书的真伪，既涉及争论双方的意识形态立场，又涉及此书生产和制作过程中的种种谜团。此案最终能否定谳，大概会取决于世间是否真的存在那份最原始的速记稿，可供专家来鉴定纸张、墨和笔迹。也就是说，对《见证》一书的争议，可能最终需要求助于一份最物理的打字稿。由此看来，“书自有命”这个标题，不仅适用于古代的册子本和最早的希腊文圣经全经抄本，也同样适用于20世纪苏联作曲家的回忆录和21世纪德国骗子的文物作伪。

本书所收的文章，此前分别发表在《文汇报·文汇学人》《读书》《上海书评》以及《外国文学》上面。我想借此机会，感谢刊发这些文章最初版本的几位编辑朋友：李纯一女士、郑诗亮先生、卫纯先生和李铁先生。在写作这些文章的过程中，我教过的很多学生都曾帮我购买、复印和传递我需要的书籍。我要特别感谢下列同学（按照我能记住的年级排列）：王雪迎、张博、杨艳、张晓怡、寿辰霖、尚英南、喇奕琳、王班班、王嘉璐、黄梦月。

特别需要提一下，2018年，我指导的硕士生张泽懿选择了培根的《新大西岛》（*The New Atlantis*）作为硕士论文要分析的文本之一。我当时想，要理解“新”大西岛，需先熟悉“旧”大西岛才行。所以，我开始阅读有关亚特兰蒂斯神话的研究，不料一脚踹空，掉进柏拉图挖下的深坑。正因为这个机缘，我集中读了一批相关文献，才得以写成《从大西岛到〈出埃及记〉：火山与神话》这篇文章。这可能就是传说中的“教学相长”吧。所以，我要感谢张泽懿和她的选题，让我有机会向我小时候迷恋的美剧《大西洋底来的人》遥遥致敬。

最后，我要感谢本书的责任编辑肖海鸥女士，她的专业精神和一丝不苟的态度是本书顺利出版的保证。

高峰枫

2024 年 6 月 30 日

目录

从卷子本到册子本

西方古代标准的书籍形式是卷子（roll）。古希腊罗马时代，制作卷子最流行的材料是埃及出产的纸草（papyrus）。间或有用羊皮或牛皮进行打磨和漂白、制成可以书写的皮纸（parchment），但就文献记载和出土发现来看，纸草卷子乃是古典时代主流的图书装帧形式（犹太经典不在讨论范围之列）。老普林尼（Pliny the Elder，23—79）在《博物志》中有一段著名的记载，详述纸草的制作，还涉及当时（公元1世纪）生产的不同尺寸、不同质量的纸草。[1] 制作卷子的标准做法，是将20张固定尺寸的纸草叶子粘连在一起。纸草纤维的纹理呈水平方向的一面，比较光滑，吸附性好，称为正面（recto）。纹理呈垂直方向的一面，表面相对粗糙，称为背面（verso）。职业书手（scribe）将所要誊抄的文本，分栏书写，经常连同母本上所施的句读以及其他标记符号也一并复制。比较讲究的抄本，只在卷子正面书写，

1 普林尼，《博物志》（*Natural History*），第13卷，第74—82章。拉丁原文、英译文以及比较详细的讨论，可见 Nephtali Lewis, *Papyrus in Antiquity* (Oxford: Clarendon Press, 1974)，第34—69页。

背面是空白。只有当书写材料匮乏，或者抄写者用于私人用途，才会使用背面。使用这种标准规格的卷子时，如果抄写的空间不够，则在卷子的尽头继续粘上散叶的纸草。

一张抄写典籍的纸草卷子，长度是非常可观的。以往学界流行一种说法，认为卷子的长度通常为 6—10 米。[1] 但据最近的发现以及更加科学的推算，长达 15 米以上的卷子也并不罕见，个别卷子甚至有 23 米长。[2] 卷子收拢起来，形成卷轴，可以放在专门的书筒里。读者阅读时，一般左手持握卷子最左端，右手展卷，打开 1 米左右的卷面。待读过这一部分文字之后，左手松开，卷子会自动卷合，然后右手继续展卷，就这样一收一放，重复进行。待读到卷子的末端，不能直接将卷轴插入书筒，而需从最右端开始，将卷子全部倒卷回去，以保证下一次阅读时，起首的文字仍始于卷子左端。其实论到广义的文字记录，希腊、罗马还同时有多种文字载体，比如古希腊的陶片、古罗马的木牍以及勒于金石的铭文，但对于复杂智力活动产物的“典籍”

---

1 比如，凯尼恩就认为，抄写希腊文典籍的正常卷子，长度一般不会超过 35 英尺（合大约 12 米）。Frederic G. Kenyon, *Books and Readers in Ancient Greece and Rome*, 2nd edition (Oxford: Clarendon Press, 1951), p. 54.

2 William A. Johnson, *Bookrolls and Scribes in Oxyrhynchus* (Toronto: University of Toronto Press, 2004), pp. 148-149. 根据 Johnson 的意见，正常的卷子，其长度的上限应该提高到 15 米左右。

而言（指诗文、学术类文本），也就是有别于书信、契约、簿记这些日常文书，够得上“书于竹帛”的那些著作，卷子是公认的、享有绝对文化权威的书籍形式。苏格拉底说任何人都能在市场上买到哲学家阿那克萨哥拉（Anaxagoras）的“书”（柏拉图《申辩篇》，26d），他指的就是这样的纸草卷子。

西方现代的书籍装帧形式，已不再是卷轴装，而是册页装。以册页装制成的图书，称作“册子本”（codex）。所谓册子本，从古代晚期开始，指将数叶纸草或者皮纸叠放在一起，从中间对折，然后从对折的地方固定、装订，再加上封皮作为保护。简单来说，就是我们今天习见的、翻页的现代图书。从公元4世纪开始，西方书籍的制作中，册子本的比例逐渐增大，而传统文人雅士终日捧读的卷子本逐渐式微。进入中世纪以后，册子本更是一统天下，完全取代了卷子本，成为主导的书籍形式，这种霸主地位一直延续到今天。研究西方古代的书籍制度，册子本的起源是无法绕开的问题。一种士人阶层所不屑使用的图书装帧形式，何时演变成为有资格承载文化典籍的书籍形式？有哪些重大历史事件、哪些深层社会力量推动着西方书册制度完成了这场影响深远的变革？研究书籍史和版本学，都需要解答这样的问题。

《册子本起源考》的两位作者

1954 年，英国古文书学家和纸草学家罗伯茨（Colin H. Roberts，1909—1990）在《英国科学院院刊》（*Proceedings of the British Academy*）第 40 期，发表了一篇 35 页的论文，题为《册子本》（"The Codex"）。近三十年后，他与另一位著名古文书学家斯基特（T. C. Skeat，1907—2003）一道，对此文做了大幅增订，于 1983 年出版了《册子本起源考》（*The Birth of the Codex*）一书，对上述问题做了全面的讨论。[1]

两位作者的生平和学术研究，我先来做简要的介绍。罗伯茨的全名是 Colin Henderson Roberts，依英国人习惯，通常省略作 C. H. Roberts。[2] 罗伯茨年轻时在牛津读书，老师中对于纸草文献感兴趣者不乏其人，对他产生一定影响。他 1932 年去柏林，向德国著名古文书学家威尔海姆 · 舒拔（Wilhelm Schubart）学习，还去埃及参加过考古挖掘工作。在 20 世纪 30 年代，罗伯

1 C. H. Roberts and T. C. Skeat, *The Birth of the Codex* (London: The British Academy, 1983). 中译本《册子本起源考》，高峰枫译（北京大学出版社，2015 年）。以下凡引用此书，均引用中译本。中译本在页边都标注了原书页码，所以查对起来非常方便。

2 关于罗伯茨的生平，我参考《英国科学院院刊》在他去世之后刊出的纪念文章：D. A. F. M. Russell and P. J. Parsons, "Colin Henderson Roberts. 1909-1990", *Proceedings of the British Academy* 84 (1994), pp. 479-483。

茨在牛津圣约翰学院担任研究员，整理了曼彻斯特大学约翰·莱兰茨图书馆（John Rylands Library）收藏的一些《圣经》纸草残片。二战期间，他和许多学者一样，为英国情报部门工作。战后，他重返圣约翰学院，为重振纸草学研究做出了巨大贡献。1954 年到 1974 年，他一直执掌牛津大学出版社，处理纷繁的行政事务之余，仍发表了重要的研究著作。其中最重要的是《早期基督教时代埃及的写本、社会与信仰》一书。[1]

这本小书和《册子本起源考》一样，篇幅短，容量大，浓度高。罗伯茨将其丰富的纸草学知识，用来研究早期基督教在埃及的发展。在传世文献中，关于公元 1 世纪和 2 世纪埃及教会的历史，只有零散的材料。但是从 2 世纪后期开始，诺斯替教派（Gnosticism）在埃及大行其道，而 3 世纪的亚历山大城成为基督教神学、解经学和《圣经》校勘学的中心，埃及一跃而成为操希腊语的东部教会的重镇。但 2 世纪中期之前的史料却少而又少，此点殊不可解。罗伯茨在这本书中，力求通过对出土写本的研究，来推知埃及基督教初年的情况，以弥补文献不足的缺憾。全书分三章，第一章对埃及出土的基督教写本做了整体的介绍，从出土地点的分布、写

1 *Manuscript, Society, and Belief in Early Christian Egypt* (London: Oxford University Press, 1979).

本的外在特征（形制、开本、书上的标记）、书手誊写时所采用的书体，都有极为精当的概述。第二章着重于“圣名缩写”（Nomina Sacra）。所谓“圣名缩写”，是早期基督教写本一个鲜明的特征，指的是对《圣经》中若干具有特殊神学意义的字词（比如“上帝”、“耶稣”、“基督”等），采用缩写的方式。最常见的办法，是取希腊文单词的首尾两个字母，上面加画一条横线。罗伯茨考察了此种独特书写习惯可能的来源，以及其中蕴含的神学思想。第三章则根据前面的描述，努力勾勒埃及教会的特征和发展。在附录中，他还讨论区分犹太写本与基督教写本的标准，极为实用。罗伯茨在书中广泛引用纸草写本，言必有据，所以他的论断能令人折服。

另一位作者斯基特，全名为 Theodore Cressy Skeat，通常写作 T. C. Skeat，长罗伯茨两岁。[1] 斯基特从剑桥大学毕业之后，终生在大英博物馆写本部（Department of Manuscripts）工作，1931—1948 年担任写本部主任助理（Assistant Keeper），1948—1961 年担任副主任（Deputy Keeper），1961—1972 年担任写本部主任（Keeper）。1933 年，英国从苏联政府手中以 10 万英镑

1 J. K. Elliott 将斯基特发表在专业期刊的论文，编辑成《斯基特圣经学论文集》（*The Collected Biblical Writings of T. C. Skeat*. Leiden: Brill, 2004）。他为论文集撰写了一篇导言（第 ix—xxvi 页），介绍了斯基特的生平和学术贡献，并附有斯基特所有著述的详细目录。下面两段主要参考了这篇导言。

的价格购买了《西奈抄本》（Codex Sinaiticus）。这是一个 4 世纪的《圣经》希腊文抄本，是目前所存最早的基督教《圣经》全经抄本（年代更早的写本都是残篇残叶）。作为刚刚进入大英博物馆写本部的青年才俊，斯基特立即被委以重任，与其他两位同事一道，负责这部珍贵写本的保存和整理。1938 年，斯基特与同事出版了《西奈抄本的书手和校改者》一书，是研究《西奈抄本》的奠基之作。[1] 在此之前，他与老一辈学者贝尔一道，共同整理出版《一部未知福音书和其他早期基督教纸草残篇》。[2] 这部《新约》正典之外的福音书残本，现在称为"艾格顿 2 号纸草写本"（Egerton 2 Papyrus）。此外，斯基特还写过大英博物馆收藏的希腊文纸草文献的编目。他直到 95 岁高龄，仍在发表有关福音书校勘和埃及历法的论文。2004 年由 J. K. Elliott 编辑的《斯基特〈圣经〉学论文集》收录了斯基特在写本学（codicology，包括古代图书的制作和形制方面的研究）、《新约》写本以及《新约》校勘学三个领域的重要论文，我们可以大体窥见斯基特学术研究的方向和规模。斯基特的论文中，被广为引用的是他为《剑桥圣经史》第

1 H. J. M. Milne and T. C. Skeat, *Scribes and Correctors of the Codex Sinaiticus* (London: Trustees of the British Library, 1938). 此书当年仅印了 500 册。

2 H. I. Bell and T. C. Skeat (ed.), *Fragments of an Unknown Gospel and other Early Christian Papyri* (London: Trustees of the British Museum, 1935).

二卷所撰写的文章《早期基督教图书制作：纸草与写本》。[1] 这篇文章总结了 20 世纪 60 年代之前他对于相关问题的看法，有些观点他后来不断加以修正或者拓展。

罗伯茨和斯基特长期从事出土写本的一线研究，都是古文书学专业卓有建树的大学者。他们对纸草文献，终日摩挲，了如指掌。再加上他们有深厚的古典学功底，能将过去几代学者从古籍中发现的有关书籍制度的史料加以重新整理和解读，因而最有资格“取地下之实物与纸上之遗文互相释证”。《册子本起源考》这本书，薄薄一册，正文不足 80 页，却建筑在二位作者深厚的旧学根底和对出土写本几十年释读和整理的基础之上。作者所得出的结论，四十年之后再看，已有很多值得商榷之处，但这部小书在西方古典文献学、古文书学、写本学诸领域，都堪称经典之作。

册子本算“书”吗?

《册子本起源考》（以下简称《起源考》）先破除了学界一些长期流行的误解。比如从 19 世纪末开始，都

1 “Early Christian Book-Production: Papyri and Manuscripts”, in *The Cambridge History of the Bible*, vol. 2: *The West from the Fathers to the Reformation*, ed. G. W. H. Lampe (Cambridge: Cambridge University Press, 1969), pp. 54-79. 此文也收入《斯基特〈圣经〉学论文集》，第 33—59 页。

以为凡是卷子本必用纸草，而凡是册子本则一定用皮纸。而实际上，书籍的形制（卷子本或册子本）与书写材料（纸草还是兽皮），并无绝对的关联。又比如，学界长期相信古代的传说，认为皮纸是公元前 2 世纪在古城帕伽玛（Pergamum）发明的。帕伽玛的图书馆是古代继亚历山大城之后又一个学术重镇。根据这一传说，埃及的托勒密王朝嫉妒这一新兴的藏书中心，为打击竞争对手，便想出釜底抽薪的办法，禁止向这个小亚细亚古国出口埃及所特产的纸草。想抄书却没有纸，这就迫使帕伽玛人想出应对的方案，发明了皮纸，从而获得纸张供应的独立。另外，“皮纸”一字，拉丁文写作 pergamenum，易使人产生联想，以为这种书写材料真的创自帕伽玛。其实，兽皮被用作书写材料，古已有之，实在不必依赖某桩突发事件而突然涌现。而且即使埃及真的实施过禁运，恐怕也难以奏效，因帕伽玛可轻而易举从他国间接获取纸草。像这样长期流传的说法，两位作者汇集其他学者的研究，均一一破除。

再比如所谓“重写本”（palimpsest）的问题。所谓“重写本”，指将誊写在旧卷子上的文字擦掉，然后在原处书写新的文字，也就是将旧卷子重新使用。之所以会出现重写本，或者因为卷子不够用，于是将价值不大的文字除去，代之以新的文本；又或者出于意识形态的考虑，淘汰已经过时或者为现时所不容的书籍。最常见的例子，是中世纪的僧侣将古典文本从旧卷子上涂去，重新抄写基督教文字。过去学界以为，凡是重写书，必然指皮纸，因为兽皮经久耐用，将先前书写于其上的文字刮去后，皮纸本身并不会受太大损伤，自然可以重复使用。因此，人们形成固有观念，将“重写本”与皮纸画上等号。也就是说，纸草卷子是不会用作重写本的。但后来学者通过研究发现，纸草并不像人们想象的那样易碎，而且去除字迹也不必是剧烈地刮削，而可能是非常“温柔”地涂、抹、擦拭。纸草看上去似乎弱不禁风，但实际上在清除字迹之后，完全可以再度使用。上面这些有关书写材料质地的讨论，虽不是全书的核心，却澄清了长久盘踞在古文书学领域的误解，更为后面的讨论铺平了道路。

论到册子本的来源，两位作者认为，其前身乃是古代的版牍（writing tablets）。版牍通常由两块以上的扁平木板组成，或用夹子夹住，或用契绳穿过钻孔来固定。在希腊化时期，版牍并不用来抄写经籍，而是担负更加世俗的职能，比如书信、便笺、账簿、学生的习字板、作家的草稿本等等。小普林尼（Pliny the Younger，61—113）在书信中曾记载其舅父老普林尼埋头著述的情景——家中的仆从准备好版牍，将主人命令抄写的文字用速记法记在上面。由此可见，版牍相当于学者作札记、收集素材的便捷工具，而更加正式的札记

（commentarii）则是工工整整地抄在卷子上。

罗马人将版牍的尺寸扩大，以容纳更多文字，并且用更轻、更薄的材料取代木板，这样就开始出现以皮纸为材料、像传统版牍那样装订的皮纸札记簿（parchment notebook）。两位作者在罗马的诗文中找到不少佐证。比如，我们比较熟悉的贺拉斯的《诗艺》（*Ars Poetica*），可作为一例。贺拉斯奉劝友人，若想文章传世，须反复修改，“封存九年，皮纸藏于家中”（membranis intus positis）。此句中 membranae 一字，即指打草稿所用的皮纸。贺拉斯在随后几行中提到可将不尽如人意、羞于问世的诗句“去除”，即指从纸草上抹去文字，因为墨迹很容易清洗掉。我们虽不能确定这些单张的皮纸叶子是缝在一起还是用其他方式固定，但这种打草稿的札记簿，极有可能是以册页装来装订的。讲到这里，不得不提及《新约》。保罗在《提摩太后书》（2 Timothy）中提到“皮卷”（4:13），他所用的希腊文单词乃是拉丁字 membranae 的转写，这极有可能证明当时希腊文中尚无专门指称皮纸札记簿的术语（皮纸卷子倒是有），可从侧面说明皮纸札记簿乃是罗马人的创制。

但真正用于抄写典籍的册子本，其最初问世乃是在公元 1 世纪 80 年代。罗马诗人马提亚尔（Martial，约 40—104）曾作《谐谑诗》（*Epigrams*），在卷一第 2 首中，他向读者推销自己的诗集，其中有这几句：

你若想带我的书四处游荡，

若长途跋涉需要陪伴，

请买吧，皮纸将它们缩进狭小的页面：

书箱尽可以送给贵人，我的书你单手即可握住。（第1—4行）

所谓“书箱”（scrinia），指专门用来盛放卷轴的箱子。书箱送人，则暗示新书一定不是卷子本。马提亚尔所推荐的本子，大概是某种用皮纸制成的袖珍本，文字可以压缩进有限的空间。这种本子最大的优越之处，就是携带方便，适合经常出游的读者。马提亚尔无疑是在向不熟悉册子本的读者，大力推销这种新潮的书籍形式。

在《起源考》第6章中，两位作者从3世纪初年的罗马法学家著作中找到了极有价值的材料。乍一看去，法学家与书籍制度会有什么联系呢？原来在判例中，或在涉及民法具体问题的讨论中，书籍形式成了绕不开的问题。比如，如果有人在临终时，将名下的财产赠予他人，而这笔遗赠中还包括书籍，那么问题就来了：所谓“书”（liber），其内涵到底为何？用来抄写典籍的卷子本，自然而然属于法律所界定的“书”。但我们上文所提到用来打草稿、以册页装装帧的札记簿，还能算作法律意义上的“书”吗？又比如，尚未抄写文字的卷子或者皮纸叶子，能算“书”吗？若缮写完毕，但未经后期处理、未加装订者，也要算作“书”而交付受赠人吗？在如何界定遗赠书籍的法律辩论中，法学家意外地给古典文献学提供了帮助。在《学说汇纂》（*Digest*）中，有3世纪的法学家引述前人意见，认为：凡卷子本，不论其材料为何，都可称为“书”；而册子本，无论是纸草还是皮纸，甚至包括蜡板、皮纸札记簿，也都可入“书”的范围。另一位法学家则走得更远，他甚至说，任何书写形式，只要有固定边界将文字框范，都可以称为书。这样一来，“书籍”便成了一独立自足的概念，与制作材料、形制没有必然关系了。罗马法学家在不经意之间，赋予了册子本合法身份。[1]

至此，《起源考》完成了一半的工作。册子本在卷子本独霸天下的时代，先从古代版牍中获取灵感，又在1世纪后半叶由马提亚尔这样的诗人大力推介，特别又得到法学家的肯定和加持，到了3世纪初，似乎已获得合法地位。但若考虑卷子本的文化权威、士人对卷子本的青睐，尤其是传世文献中提到册子本的地方简直是寥若晨星，我们很难想象这样一种主要用于日常俗务的书籍形式，竟会在未来两个世纪中大放异彩，逐步淘汰了卷子本。追溯这个转化过程，寻找册子本后来居上的主要原因，这是《起源考》后半部的重点，也是最引争议的部分。

1　以上讨论，见《册子本起源考》第43—49页。

基督教对册子本的“痴情”

从第 7 章开始，对册子本的讨论逐渐从文献记载转到出土写本。两位作者利用当时所能见到的所有纸草文献的整理本以及编目，对于年代定为公元 4 世纪之前的写本做了统计。他们挑选的范围仅限于抄写典籍的纸草卷子和册子本，不包括文书、档案类的文献。他们先着眼于写本的形制，区分卷子本和册子本，将两类写本的数量和比例精确计算出来。由此得到的统计数字，与学界对古代图书形制的看法大体相符。比如，在所有出土写本中，被学者定为 1 世纪和 1—2 世纪的写本，卷子本高达 460 件，而册子本只有 5 件。比例之悬殊，一目了然。而所有定为 3 世纪的写本中，卷子本有 406 件，而册子本有 93 件，册子本占所有这一时期写本的 18.5%，已能看到渐有上升的趋势。随时间的推移，这种趋势一发而不可收。定为 4 世纪的出土写本中，册子本的数量已占到 73.5%，而 5 世纪写本中，册子本已占绝对优势，比例高达 90.5%。[1]

上述统计数字，是基于写本的装帧形式，而不考虑抄写文本的内容。我们不难看到，册子本从 1 世纪和 2 世纪的绝对少数派，一跃而成为 4 世纪和 5 世纪书

1 《册子本起源考》，第 54 页。

籍形式的主流。与此同时，两位作者也发现，册子本的使用是和基督教紧密相连的。若单独考察与基督教相关的写本，就会发现，4 世纪之前几乎所有的《圣经》抄本，都抄在册子本上。在基督教写本中，只有部分讨论教义、破除外道的论书，是写在卷子上的。既然最早的《圣经》抄本都是册子本，两位作者就推测：或许正是因为基督教对册子本有所偏爱，才直接导致了册子本的崛起。这样的假设一旦形成，则原本高度专业化、相对“偏门儿”的书籍史和纸草学研究，就忽然与宗教史发生了深刻的关联。于是，纸草学和写本学就不限于描述性的研究，不限于单纯释读、著录、注释、整理出土写本，而忽然从一个意想不到的角度，切入到教会史、罗马史这些更广阔的研究领域。

基督教对册子本的偏爱，这并不是罗伯茨和斯基特首次发现的。上一代写本研究的权威凯尼恩，在《古希腊罗马的图书与读者》一书中，已注意到在出土的纸草册子本中，绝大部分乃是基督教文献。[1] 到了 1931 年，生于美国、后加入英国国籍的矿业大亨切斯特·比

1 Kenyon, *Books and Readers in Ancient Greece and Rome*, p. 96. 凯尼恩依据当时的材料，做了一点统计。截止到 1926 年出土的奥克西林库斯纸草文献，3 世纪之前不见册子本。抄有教外典籍（pagan literature）的 3 世纪写本共有 106 件，其中 100 件为卷子本，只有 6 件册子本。而同样抄于 3 世纪、载有基督教文献的 17 件写本中，只有 7 件为卷子本，8 件为纸草册子本，2 件为羊皮册子本。而到了 4 世纪，卷子本的数量大幅下降。

提（Alfred Chester Beatty，1875—1968）从埃及购得一批早期《圣经》的纸草写本，其中有几部《新约》写本，年代被定在公元 3 世纪上半叶，是弥足珍贵的古代文献。[1] 凯尼恩负责整理、著录这批著名的“切斯特 · 比提《圣经》纸草写本”（Chester Beatty Biblical Papyri），他发现其中无论是抄录《旧约》还是抄录《新约》，12 件纸草写本无一例外都采用了册子本，而没有使用纸草卷子。凯尼恩使用了“痴迷”一字（addicted），来描写早期基督教对册子本的偏爱：“这些 [写本制作的细节] 不仅证实了基督教团体对册子本非常痴迷（对卷子本则不然），还将册子本的使用提前到更早的阶段，而迄今为止我们没有充分证据能推到更早。”[2] 罗伯茨和斯基特将研究向前推进一步，尝试从教会史的角度，来解释对非主流书籍形式的此种偏爱。

册子本取代卷子本，必有实质性的原因，而我们最先想到的，是新的书籍形式独有的优势以及它所带来的便利。两位作者在第 9 章，详细讨论了所有能想到的实用考虑。比如，会不会出于经济原因，人们才放弃卷

1 目前，这一批写本收藏在都柏林的“切斯特 · 比特图书馆”（Chester Beatty Library），部分写本的高清图像可见该馆的网页。

2 Frederic G. Kenyon, *The Chester Beatty Biblical Papyri: Descriptions and Texts of Twelve Manuscripts on Papyrus of the Greek Bible. Fasciculus I: General Introduction* (London: Emery Walker Limited, 1933), p. 12.

子，转而使用更廉价的册子本？尤其明显者，抄写典籍的卷子本一般只使用卷子的正面来书写，而册子本就像如今的翻页书一样，是双面书写。如此一来，使用册子本会不会节省了抄写的费用，从而全面降低了写本制作的成本？另一个显而易见的现象，就是册子本所能容纳的文本要多于卷子本。这也就是当初诗人马提亚尔为自己诗集的册子本打广告的主要原因。原本需要抄在多张卷子上的长篇文本，如今可以轻而易举地压缩进单手就能握住的一册书中，既不占空间、又便于携带，正仿佛现在的电子阅读器一样方便。又比如，册子书便于翻捡，若想查找某段文句，可以直接翻到某页，这要比将10多米的长卷一幅一幅展开，自然省事、快捷得多。

但是，出人意料的是，册子本具有的所有这些便利条件，两位作者在反复衡量之后，认为都不足以让读者果断放弃卷子本。首先，从出土的基督教写本来看，当时的书手完全没有经济头脑，根本看不出敬惜字纸的态度。不少《圣经》写本，天头和地脚所留的空白很大，对于页面的书写空间，看不出有任何精打细算的痕迹。另外，如果书手愿意，在抄写时完全可以缩小字号，改用蝇头小楷，以便在每页上尽量多抄文本。但是我们发现，有些《圣经》写本却字大行疏，对于书写材料完全是一派大手大脚的作风。

再来看不同书籍形制的文字容量问题。论到册子本容量之大，确实惊人。4 世纪著名的《梵蒂冈抄本》和《西奈抄本》都是皮纸册子本，分别有 1600 页和 1460 页，可容纳基督教《圣经》全本。但是 3 世纪之前保留下来的册子本，长度没有超过 150 叶（leaves）的。就是说，只有到 4 世纪、册子本制作技术高度完善之后，压缩空间这一优势才能全面显示出来。而 3 世纪之前，册子本惊人的容量未必能为时人所认识。又比如册子本便于寻检这一点，看上去大大方便了读者查找和引证权威文本。可是，两位作者指出，准确的引证乃是现代规矩，古人于此未尝措意。当时本有简便的方法来确定某段文字的大体位置，可是古代书手却不加使用，足见大家对于精确引用经典文献，并无兴趣。总之，作者将册子本这些显而易见的实用优势，一一破除，以证明册子本之勃兴，并不源于书册制度本身所带来的好处。于是，两位作者始将目光投向基督教本身。

教会的决断

基督教发源于犹太教，耶稣和他最早的追随者都是犹太人。耶稣死后，保罗开始向外邦人传教，将这个新兴教派带出巴勒斯坦的穷乡僻壤，进入更广阔的世界舞台。罗马主流社会对基督教的蔑视和敌视，加上几次局部的迫害，都没能阻止这个教派生根发芽。最终，在君士坦丁大帝治下，基督教得到宗教宽容政策的保护，至4世纪末成为国教。基督教获得了合法身份和主导地位，是在4世纪，而一向为士人所轻视的册子本也是在4世纪完成了对卷子本的逆袭。一个不受待见的教派，逆潮流而动，固执地使用不受待见的书籍形式。这样看来，基督教和册子本几乎同步完成了转型，由边缘走到中心。这两个事件之间，会存在某种因果关系吗？

罗伯茨在1954年发表的《册子本》一文中，对于册子本取代卷子本的原因，已给出了一个初步解释。早期教会曾流传一种说法，认为《马可福音》的作者乃是彼得的同伴。彼得在耶稣死后，据说曾到过罗马。彼得是加利利地区的农民，平日说当地方言，肯定不会说罗马帝国通行的"官话"——希腊语。根据这一传闻，马可或者是陪同彼得去罗马的同伴，或者因粗通希腊文而为彼得作翻译。彼得对耶稣言行的追记，被译成粗浅的希腊文，得以流传。当马可将彼得的回忆形诸文字时，他面临的问题是选择何种书籍形式。罗伯茨在这篇文章中，认为马可平日所交游者，多是"犹太和外邦人的商贾、商贩、被释放的奴隶或奴隶"，而这些人由于他们的社会地位以及相应的书写习惯，往往"使用蜡板或皮纸札记簿来完成记账、通信、法律事务以及公务"。[1] 马

1 C. H. Roberts, "The Codex", *Proceedings of the British Academy* 40 (1954), p. 187.

可正因为和这样一群底层民众终日盘桓，所以自然而然启用了他们所习用的书籍形式来记录彼得的回忆。《起源考》一书沿用了上面这段话，几乎没做任何改动，只是将推测的听众的具体职业（商贩、奴隶等等）删去。[1]

目前出土的纸草写本，绝大多数出自埃及。如果认为基督徒启用册子本，是马可在罗马开的先例，那么又如何解释这种书籍形式迅速传到埃及呢？尤西比乌（Eusebius of Caesarea，约265—340）在其《教会史》中，记录了另一段传闻：据说亚历山大城的教会是马可一手创立的。罗伯茨据此推测，马可的文字记述传到埃及，册子本的形制保留不变，而书籍的质料则自然使用埃及盛产的纸草。由于《马可福音》所享有的权威，也由于册子本的《圣经》与犹太人以及罗马知识界普遍采用的卷子本有显著不同，所以保留册子本，对于基督徒来说，别有“一种情感与象征的意义”。[2] 在《起源考》中，罗伯茨将“情感”（sentimental）一字删去，只保留“象征意义”。[3]

这个早期的推测，到了1983年出版的《起源考》一书中，已被两位作者放弃。一来，马可与亚历山大城教会之间异常紧密的关系，只是一段教会传闻，根本

1 《册子本起源考》，第80页。

2 Roberts, “The Codex”, p. 189.

3 《册子本起源考》，第81页。

无从证实。二来，在当时出土的《圣经》写本中，《马可福音》只有 1 件，单就数量而言，远远不及《马太福音》和《约翰福音》的写本多，在早期教会中的地位也没有那么崇高。所以，认为马可先启用了册子本，此后这部福音在传抄过程中，各地信众都严守马可定下的规矩，在书籍形式上不敢越雷池一步，道理就有些说不通。另外，罗伯茨以为彼得抵达罗马之际，所交游的多为下层民众，故而最早一批罗马基督徒出自社会底层。而这一阶层的民众在处理日常事务时，多采用册子本，所以，最早的福音书抄在册子本上，恰恰是最早信徒之社会身份所决定的。但是近来研究表明，基督教流行初期，接受此种新信仰的人绝不仅限于底层民众。[1] 如果在罗马最早的教徒中，有相当数量的人来自富庶阶层，那么以社会身份来推测册子本的使用，就愈发不够稳妥了。

在《起源考》一书中，两位作者又提出一新说。若罗马教会没有提供册子本流行的原动力，那么只有在基督教发源更早的地区来寻找，比如耶路撒冷或者安提阿（Antioch）。犹太教的口传律法中，很多没有形诸文字的断案或者拉比的语录，往往记录在版牍之上，其中

1 这方面比较有代表性的著作是 Wayne Meeks, *The First Urban Christians: The Social World of the Apostle Paul* (New Haven: Yale University Press, 1983)。

就包括用纸草制成、册页装形式的写字板。两位作者推测，耶稣当年的传道，或有可能被记录在纸草写板之上，后面再附上一段受难的故事，便形成福音书的雏形。公元66年犹太战争爆发，70年耶路撒冷沦陷，此后，安提阿就在希腊化世界中成为基督教传播的中心。就这样，由于首部福音书写在纸草册子本上，而福音书又具有无上的权威，因此册子本也就自然而然成为基督教唯一认可的书籍形式。[1]

前后两种假说，看上去结论不同，但考察基本思路，却都基于同样的前提。我将两位作者立论的前提，大致归纳为三点，而这三个前提，目前看起来，未必都能站得住脚。第一，早期基督教写本，特别是《圣经》写本，几乎全是册子本。根据作者的预设，这说明基督教必然是主动、有意识甚至故意采用在文化上不具尊贵地位的书籍形式。第二，解释基督教对册子本的偏爱，必须诉诸这种新兴教派的经书在形成和传播时的特殊历史条件。若根本经典的稿本或者最早传抄的副本因某种原因，恰巧为册子本，那么此后册子本这种书籍形式就被赋予神圣的光环，不得随意更动。换句话说，作者的前提是：经书的神圣，保障了经书在最初流传阶段所偶然采用的书籍形式的神圣性。第三，册子本的起源，必

---

1 《册子本起源考》，第86页。

定可追溯到某个爆炸性的事件，或者是历史上某个起点。这第三个前提，被后来的学者比作“宇宙大爆炸”。

福音书结集与册子本

罗伯茨于 1990 年谢世之后，斯基特继续思考册子本的起源问题，并在上世纪 90 年代发表两篇论文，对《起源考》中的论点做了补充和修正，特别是将册子本的起源与《新约》正典的形成联系在一起。“正典”（canon）指教会所认可的经书篇目，也就是哪些书卷可被列入《圣经》、享有“经”的地位。《新约》正典中，四部福音书很早就确立了权威地位，被置于《新约》合集之首。讨论四福音的正典地位，2 世纪的神学家伊利奈乌（Irenaeus，约 130—200）的一段话是最重要的证据。在他所著的《破邪说》（*Adversus Haereses*）一书卷三，伊利奈乌讨论了为何福音书的数目固定为四，并提出一系列神学论证：

> 福音书的数目，不多也不少，[正好有四部]。因我们所居住的世界有四域，世上有四风。教会在世间广泛撒种，教会的支柱与根基就是福音书和生命的灵。故此，教会理应有四根支柱，从每一方向吹送不朽的气息，赋予人新的生命。因此，逻各

> 斯、万物的创造者，高坐于基路伯天使之上，把持万物，当他向世人显现，就交给我们四重的福音书，却为独一圣灵所统摄。（III. 11. 8）[1]

他随即引用了《启示录》中提到的“四个活物”：第一个活物像狮子，第二个像牛犊，第三个脸面像人，第四个像飞鹰（4:7）。这样一来，四部福音书就与《启示录》中这四物一一对应起来。伊利奈乌排列的顺序是：像狮子的对应于《约翰福音》，像牛犊的对应于《路加福音》，而人和鹰则指《马太福音》和《马可福音》。这也是后来中世纪将每一位福音书作者对应于一种动物这种做法的来源。由于伊利奈乌写作《破邪说》一书的时间大约在公元 180 年前后，所以学者历来认为《新约》正典在此时已基本确立，尤其是四部福音书已为教会所认可，否则伊利奈乌不会去竭力证明数字“四”的合法性和神圣性。但四部福音书是否在 2 世纪末期已经抄在同一本册子书上，进一步说，正典的确立和书籍形式之间有无关系，这一点没有定论。斯基特在

---

1 Irénée de Lyon, *Contre les hérésies, livre III*, tome II, (eds.) Adelin Rousseau et Louis Doutreleau (Paris: Les Éditions du Cerf, 1974), pp. 160-162. 伊利奈乌《破邪说》一书原来用希腊文撰写，目前保留的主要是拉丁文译文，部分段落尚存希腊文原文。我引用的是“基督教源流丛书”（Sources Chrétiennes）中的拉丁文、法文对照本，存世的希腊文片段录在脚注中。我的译文根据拉丁文和法文。

《起源考》中说：“即使就《新约》整体而言，册子本的出现是否曾对正典产生过任何影响，此点也存疑。”[1] 虽然切斯特·比提《圣经》写本中已有四福音和《使徒行传》合抄在一起的册子本，但毕竟这是 3 世纪的做法。斯基特认为 2 世纪时仍不见四福音的合集本。

1992 年，斯基特发表论文，重新审视上引伊利奈乌论数字“四”这段著名证词。[2] 首先，他注意到，当伊利奈乌将四福音对应于四种“活物”时，他引用福音书的顺序为：约翰、路加、马太、马可。这个排序和伊利奈乌自己在书中其他地方提到四福音时，完全不同。在其他段落，他或者使用后世正典确立之后的排序（马太、马可、路加、约翰），或者使用“马太、路加、马可、约翰”这种顺序。当伊利奈乌论证数字“四”的神学意义时，他所列举的四福音次序，恰恰与现存最古的四福音合抄的古代写本一致。这个细节，让斯基特相信，伊利奈乌对数字“四”的论证，是在引用更早的提法，而不是自己的发明。进而言之，在他写作《破邪说》之前，四福音作为统一的合集就已出现。

以字数论，四福音的总篇幅已超普通卷子所能抄写的字数。因此，只要出现了四福音合集，则该写本就必

---

1 《册子本起源考》，第 89 页。

2 T. C. Skeat, “Irenaeus and the Four-Gospel Canon”, *Novum Testamentum* 34.2 (1992), pp. 194-199.

定是册子本。如果伊利奈乌为四福音的辩护必有所本，则我们可以想见，一部抄有全部四福音的册子本必定在《破邪说》成书之前（180 年）就已经出现。斯基特认为这样的册子本可以追溯到公元 170 年左右，这样就修正了《起源考》中相对谨慎的说法，将基督教册子本的出现又提前了五十年，突破了公元 3 世纪的范围，挺进到 2 世纪。在这篇论文结尾，斯基特甚至说："简而言之，现在我甚至想大胆建议：四福音正典和四福音册子本紧密联系，不可分割，互为前提（each presupposes the other）。"[1] 这句话大有深意，其意义我们要再等两年才能充分理解。

斯基特在 1994 年发表的文章，题为《基督教册子本的起源》，可视为他在册子本起源这一领域的"晚年定论"。[2] 斯基特重申了经过精确测算之后所得到的结论：只有册子本才能容纳四福音的全部文字，卷子本做不到这一点。他以制作于 3 世纪中期的切斯特·比提写本中四福音和《使徒行传》合集本为例，根据保留完整的页面，计算页面尺寸和每页抄写的行数，发现四福音如果要完整抄在一张卷子上，则卷子的长度需要 30 米。这

1 Skeat, "Irenaeus and the Four-Gospel Canon", p. 199.

2 T. C. Skeat, "The Origin of the Christian Codex", *Zeitschrift für Papyrologie und Epigraphik* 102 (1994), pp. 263-268.

和正常的卷子长度（10—15 米）相比，相差甚远。[1] 但是，究竟是什么原因让 2 世纪基督徒开始将四福音制作成合集、抄在一个册子本中，而不是让各卷福音书单独流传呢？斯基特给出了一个宗教原因。

斯基特认为，早期教会面临一场危机。有关耶稣的行事和受难，已出现多种记述，均以“福音书”行世，而且数量还在不断增加。《马可福音》《马太福音》和《路加福音》，在公元 70 年到 90 年代末已经写成，三者之间有大量相似的段落。而公元 100 年左右写成的《约翰福音》，却在细节、风格和神学等方面与前三福音都大相径庭。当其时，托名“福音书”的著作还在不断增加，鱼目混珠，真伪难辨，这必然使得早期教会开始担忧福音书的数量有可能会无限增殖。人们一定会问：有没有某种措施，能阻止更多福音书出现？现有福音书中，哪些书具有神圣的权威？斯基特的意见是，《约翰福音》的问世引发了限制福音书数目、认定福音书权威性的激烈争论。就在这时，人们萌生出将权威福音书限定为有限的几部、并将所有被认定为正统福音书编为一集的想法：“教会肯定是被迫考虑以某种物理方式，让四部福音书合并在一起，同时，不鼓励人们继续增加福

1 Skeat, “The Origin of the Christian Codex”, p. 263.

音书的数目”。[1]

斯基特构想出的教会解决方案，相当于同步完成了对正典福音书的认定以及对未来基督教书籍形式的选择。正典福音书被限定为四部，这样就确立了四部书的正典地位，保证了当时流传的其他福音书被排除在正典之外。册子本的形制，因为能在一册之内容纳四福音全部文字，所以就被选中作为福音书合集的书籍形式。斯基特认为：“这是一个机智、大胆、完全成功的解决方案，因为其他福音书无法进入正典，而正典福音书一部也不会散佚。”[2]而罗马在这一过程中占据主导地位，因为册子本是罗马的创制，而且《马可福音》与罗马又有深刻的联系。这就是斯基特在前一篇论文结尾所说的四福音正典和册子本的形制“互为前提”，因为正典和书籍形式，二者相互依存，从而形成一个相互扶持、循环滚动的动态支持系统。虽然其他福音书还在流传，但是，选定了四部福音书、选择以册子本形式赋予四福音物质形态方面的统一性，这就从一开始给予四福音一种权威和尊贵地位，其他福音书根本无法与之争锋。[3]

斯基特认为，各地教会要采取统一行动，事先一定有充分交流，甚至可能开会商议。正是教会会议的决

1 Skeat, “The Origin of the Christian Codex”, p. 267.

2 Skeat, “The Origin of the Christian Codex”, p. 268.

3 同上。

议，才能最终将四福音固定在一部册子本中。斯基特根据自己的理论，以戏剧化方式描写了公元 90 年召开的主教会议，参会的是五座大城的主教（安提阿、亚历山大城、以弗所、哥林多和罗马）。读不惯专业论文的读者，可以从这场虚构的对话录中了解斯基特晚年的理论。[1]

《斯基特圣经学论文集》的编辑者埃利奥特，完全支持斯基特对于正典与册子本关联的理论。当不同著作收于一个合集时，势必出现甄选的问题，有些文本会被纳入合集，有些则会被剔除、淘汰。他总结道：

> 《新约》正典由教会权威基于神学和历史原因而确定，但是正典与册子本相伴而生，意思是：当册子本成为一种规范手段、将原来分散的著作集中在一起时，采用固定的正典就可以更容易被控制和推广。[2]

埃利奥特认为，早期基督徒先于任何人采用册子本，是为了确保四福音的数目不会增加也不会减少。

1　这是斯基特的未刊稿，收入《斯基特圣经学论文集》的附录中。J. K. Elliott (ed.), *The Collected Biblical Writings of T. C. Skeat*, Appendix A, pp. 269-278.

2　J. K. Elliott, "Manuscripts, The Codex and the Canon", *Journal for the Study of the New Testament* 63 (1996), p. 111.

斯基特的“晚年定论”，当然也不可能是册子本起源问题的真正定论。他的论证，有很多处都需要澄清。比如，如何坐实是《约翰福音》这部特定著作才开始让教会人士担忧福音书数量会无限制膨胀？再如，这样的解释必须预设 2 世纪教会的组织化和集中化已达到极高程度。[1] 但是，地区教会的权威，能否保证各地教会互通声气以及决策的贯彻执行？但无论怎样，斯基特晚年的理论虽然相较于《册子本起源考》的说法有所推进和细化，但有一个预设却没有改变，那就是册子本的崛起仍然依赖某个单独的爆炸性事件。

“大爆炸理论”

剑桥大学神学教授格兰姆·斯坦顿（Graham Stanton）在 2004 年出版的《耶稣与福音书》一书中，用了“大爆炸理论”（“Big Bang” theory）一语来概括罗伯茨、斯基特的理论特点，非常贴切。[2] 在他看来，《起源考》是在不断寻找解释册子本诞生的单一动因。持“大爆炸说”的学者，都在寻找一个时间上的零点、原点，一个

1 批评意见可见 Graham N. Stanton, *Jesus and Gospel* (Cambridge: Cambridge University Press, 2004), p. 83。

2 Stanton, *Jesus and Gospel*, p. 167. 该书第 171 页注释 26 提到，Eldon Epp 在 1996 年也曾用“大爆炸理论”来描述这一特点。

不断积蓄能量的临界点。一旦到达此临界点，则天崩地裂，不可逆转。《马可福音》也罢，安提阿的影响也罢，都被当作册子本横空出世的时间原点。

这种“大爆炸”的思路，在 1983 年之后的三十多年里，仍然影响着不少学者对册子本起源的研究。以下挑选几本重要的著作，稍作讨论，以见《起源考》一书的影响以及学界对册子本起源问题的持续关注。

美国学者哈利·甘布尔（Harry Y. Gamble）的《早期教会的书籍和读者：早期基督教文献的历史》出版于 1995 年。[1] 书中第二章《早期基督教图书》用了不少篇幅讲到册子本。甘布尔详细介绍了《起源考》一书的主要观点，在一条注释中，他对于数量有限的出土写本是否有统计上的代表性存有些许疑虑：“在这件事上，统计数据多少有些不可靠，因为保存下来的材料可能具有偶然性，还因为古文书学家对于具体写本的断代，意见并不总是一致。”[2] 但他基本接受了罗伯茨和斯基特的基本预设：“基督教使用册子本，是极端反常的现象（a genuine anomaly），需要加以解释。”[3] 只是，甘布尔认为《起源考》给出的解释，无论是《马可福音》有垂范后

---

1 *Books and Readers in the Early Church: A History of Early Christian Texts* (New Haven: Yale University Press, 1995).

2 Gamble, *Books and Readers in the Early Church*, p. 268, n. 32.

3 Gamble, *Books and Readers in the Early Church*, p. 52.

代的作用，还是早期基督徒受到犹太传统的影响，都不能接受。他沿着罗伯茨的思路，给出了一种新的解释。

甘布尔认为，最先以册子本形式传布的基督教文献，不是某部福音书，而是保罗书信。虽然他的具体结论与《起源考》不同，但其出发点以及立论的前提，却与罗伯茨几乎完全一致："依这样的假说，早期基督教采用册页装，既不是由情势所驱动，也不是随意的决定，而是由于册子本对基督教文本确有优势而产生的一种深思熟虑的决定。"[1] 甘布尔同样是从基督教自身寻找册子本流行的决定性因素。在他看来，采用册子本，乃是源于最早一批基督徒的"决定"，是一种有意识的、主动的选择，而这个新奇的意念必定产生于某个时间"零点"，而且完全是由基督教内部的需要而产生出的决断。这等于强化了罗伯茨的观点和预设：书籍制度的改变，其原动力与基督教某种本质息息相关。再说得明确一些，书籍史的这一关键问题，需由教会史来予以解决。[2]

这样的思路，即使在立场不太明确的学者笔下，也能见到。先举一个早于《起源考》出版的例子。与罗

1 Gamble, *Books and Readers in the Early Church*, p. 63.

2 甘布尔在第 5 页曾提到 Wayne Meeks 等人关于初期教会社会阶层的研究成果。1 世纪的基督教人群不完全是社会底层，不是城市无产阶级。但甘布尔在讨论册子本时，似乎并没有充分利用社会学的考察结果。

伯茨同代的英国古文书学家特纳（Eric G. Turner），曾于1977年出版《早期册子本分类研究》一书。[1] 他对于截止到1975年11月之前披露、著录的出土册子本，做了形制方面最全面的研究。特纳虽然明确说明，自己不讨论册子本的起源问题，但也对册子本竟然能取代独步天下的卷子本，表示出一点点有节制的好奇。他的说法是："纸草卷子本在埃及的制书技术中根深蒂固，因此一定出现过一个关键的冲击（a major shock），才能推动创新，导致卷子本最终为册子本所取代。"[2] 寻找这样一个"关键的冲击"，显然是罗伯兹、斯基特以及后来学者的研究目标。

另一个例子是英国学者荷塔多（Larry Hurtado）在2006年出版的《基督教最早的器物：写本与基督教起源》一书。[3] 作者有鉴于《新约》研究以及早期教会史研究对出土的早期基督教写本了解甚少，所以将基督教写本研究领域的成果给予概括总结，以推动纸草学和古文书学之外的学术群体对这些写本能给予更多重视。因为写本就如铭文、墓志、墓穴等一样，也是早期基督教

---

1 Eric G. Turner, *The Typology of the Early Codex* (Philadelphia: University of Pennsylvania Press, 1977).

2 Turner, *The Typology of the Early Codex*, p. 40.

3 Larry Hurtado, *The Earliest Christian Artifacts: Manuscripts and Christian Origins* (Grand Rapids, Michigan: William B. Eerdmans Publishing Company, 2006).

器物之一种。这部书第二章就花了50余页，论述册子本与早期基督教之关系。荷塔多没有提出自己的观点，似乎仅限于在各家学说之间调停折中，但观其行文以及基本立场，似乎仍然致力于寻找一个爆发点。比如，他强调解释册子本在早期教会中的显著地位，必须要找到一种或多种“强大的刺激因素”（powerful stimuli）。[1]

基督教推动还是罗马制书技术的传播?

对罗伯茨和斯基特的“大爆炸理论”最严厉的批评，来自当今纸草学的权威罗杰·巴格诺尔（Roger S. Bagnall）。他在2009年出版的《埃及早期基督教书籍》一书中，给基督教写本研究整体泼了一瓢冷水。[2] 巴格诺尔用不少例子，指出研究者所持的基督教立场以及所怀有的基督教情怀，都会不知不觉影响对于出土文物的判断。一个突出的例子便是，学者都尽可能将基督教写本的年代上限往前推，在缺乏确证的情况下，大家乐于发现更多2世纪，甚至是1世纪末的基督教写本。要知道《新约》文献中成书最晚的是《启示录》，已经到了2世纪初期。如果真能找到1世纪末、2世纪初的写

---

1 Hurtado, *The Earliest Christian Artifacts*, p. 80.

2 Roger S. Bagnall, *Early Christian Books in Egypt* (Princeton, New Jersey: Princeton University Press, 2009).

本，那么就极有可能是直接抄自《新约》各书作者原始稿本的文物，上面或许还沾着早期使徒的灵气儿。学术界为教外写本确定年代，一向更加慎重，而对于基督教写本则标准往往失之过宽。巴格诺尔举出的另一个更明显的例子，是学者在编辑和刊布出土写本时，往往赋予基督教写本格外突出的地位。埃及的奥克西林库斯（Oxyrhynchus）一地是纸草出土最多的地点，从 19 世纪末一直到现在，从当地发现的文献已经整理出版了 70 多集。第一集中编号为 1 号的是《多马福音》（*The Gospel of Thomas*）的残篇。为何单单将这一残篇编为"奥克西林库斯纸草 1 号"？其中并无特别的原因，只是因为它与早期基督教的密切关系，才被赋予如此突出而显赫的地位。凡此种种，都说明学者自身的基督教倾向造成对基督教写本的格外关注，而这样的特殊待遇造成研究的失衡——数量较少的基督教写本得到的关注远远高于数量众多的古典典籍写本。

巴格诺尔在全书最后一章，专门讨论了册子本起源的问题。从《起源考》一书出版以来，陆续出版了更多的写本编目，所以现在学界所占有的出土文献，又非三十年前可比。巴格诺尔根据最新的数据，做了重新统计，结果发现，教外写本中，册子本的比例并不像罗伯茨和斯基特所述的那样低。就是说，即使基督教文献一边倒地抄写在册子本上，非基督教典籍其实也大量使用册页装。基督教对册子本的偏嗜，就不那么有悖常情了，而书籍的抄写和制作中越来越多使用册子本，也就不必非要依赖基督教的倡导和推动了。联想到册子本脱胎于罗马的版牍和札记簿，所以册子本取代卷子，或许与普遍的罗马化趋势有关，而并非缘于某个宗教的首倡作用。巴格诺尔说，符合逻辑的推论是“其他地区更广泛、逐渐采用册子本，不过是我们简称为‘罗马化’（Romanization）趋势的又一表现，也就是罗马人的习惯和技术推广到整个帝国。”[1] 至此，巴格诺尔将册子本的起源和推广，与基督教所起的作用，做了彻底的切割。这对《起源考》一书所提出的假说，显然是釜底抽薪。罗伯兹、斯基特以及后来不少学者的研究目标，是要为册子本寻找一个决定性的推动力，而这个“第一推动”就是早期教会。按照这种思路，正是早期教会在特定的历史时刻，因为风云际会，毅然决定采用册子本，这相当于按下了书籍制度大变革的核按钮。这样的“大爆炸理论”执意在基督教内部寻找原因，实际等于将历史进程的决定权交付给基督教。巴格诺尔则明确说自己没有任何宗教的“担当”或“负担”，所以才能对这种基督教化的解释彻底免疫。

无论如何，想以单一的原因来解释册子本的起源和

1 Bagnall, *Early Christian Books in Egypt*, p. 87.

流行，看来是行不通的。按照巴格诺尔的说法，基督教在这场影响深远的书册制度变革中，扮演的不是引领风潮的角色，而反倒可能是为“罗马化”大潮所裹挟，在书籍制度上也“随大流”。在罗伯茨和斯基特看来，早期教会横空出世，不仅在思想上、就是在书籍制度上也与古代传统一刀两断，所以他们提出的假说都强调教会与罗马社会的对抗和对立。巴格诺尔的批评，则冲破早期教会的框架，更全面地看待非基督教因素的作用，也由此褫夺了基督教影响书籍史进程的特权。最后若简单概括一下，不妨这样说：《起源考》的观点是，书籍制度的重大变革，当归因于教会史。而实际上，册子本取代卷子本，似乎应更多归因于社会史和技术史。

（本文原为《册子本起源考》中译本的导言，部分内容曾发表于 2015 年 6 月 19 日《文汇报 · 文汇学人》。此次结集，又增加了新的内容。）

《西奈抄本》的发现与收藏

1933年圣诞节，英国人民收到了一份昂贵的礼物。这件礼物不是圣诞老人从烟囱里塞进来的，而是来自要振兴工业的苏联政府。12月27日中午，大批民众聚集在大英博物馆门前，翘首盼望。专营古旧书刊的梅格斯兄弟有限公司（Maggs Bros. Ltd.）的代表，在警察的全程护送下，将一个铁盒亲手交给大英博物馆馆长。在移交仪式上，英国当时最著名的古文书学家弗里德里克·凯尼恩（Frederick Kenyon）就站在交接双方的中间，向我们暗示了这件礼物的文物价值。抵达伦敦、成为大英博物馆镇馆之宝的是一部希腊文《圣经》的古代抄本——《西奈抄本》（Codex Sinaiticus）。这份圣诞大礼当然不是免费的，而是英国人民以10万英镑的高价从苏联购买的。1933年的10万英镑，粗略估计，约折合今天的5百万镑。这部《圣经》在当时绝对是普天下最贵的书籍了。

英国为何花天价购得这部《圣经》古本？这部以"西奈"命名的古籍，为何藏在苏联？是谁最先发现了这部古代抄本？其文物价值何在？2010年，英国著名的古文书学家、《圣经》校勘学学者大卫·帕克（D. C. Parker），出版了《西奈抄本：世界最古圣经的故事》一书。[1] 这本书详述《西奈抄本》的特点和来历，语言明白晓畅，图版印制得尤其精美。今后，欲了解这部古籍，帕克这本著作应当是最好的入门书了。

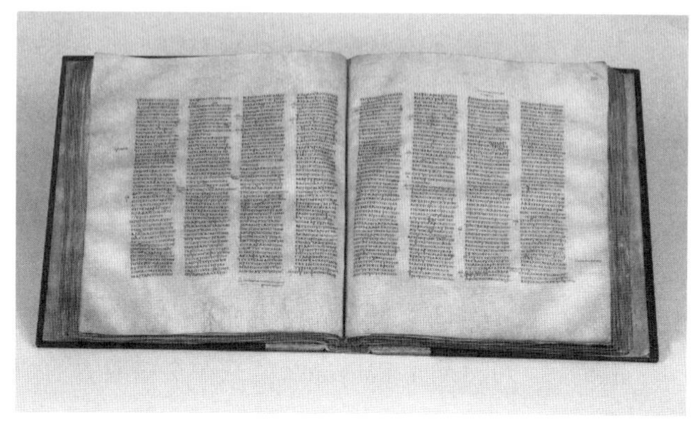

4 世纪古本

《西奈抄本》是一部《圣经》全经的希腊文抄本，制作于 4 世纪中叶。19 世纪以来陆续出土的《圣经》纸草写本很多，最早的可能写于 2 世纪中叶，但大都是残编断简。保存相对完好者，也只誊录了《圣经》部

1 D. C. Parker, *Codex Sinaiticus: The Story of the World's Oldest Bible* (The British Library, 2010).

分篇章。我们很难见到将《旧约》希腊文译本（也就是《七十子圣经》）和《新约》全部抄写、合订在一册的抄本。《西奈抄本》中，《旧约》部分保存了《以赛亚书》《耶利米书》《诗篇》《约伯记》等篇幅较长的几卷书，《创世记》《利未记》《申命记》等各有几章存世。让人惊讶的是，《西奈抄本》完整无缺地保存了希腊文《新约》的全本。这部抄本，目前共有 411 叶皮纸存世，也就是 822 页书写页面，分别藏于 4 处：主体部分藏于大英图书馆（包括《新约》全本），莱比锡大学图书馆藏 43 叶，俄罗斯国家图书馆和西奈半岛的圣凯瑟琳修道院分别藏有部分残篇。据学者推算，在未经损坏和散佚之前，原本至少应有 743 叶皮纸，也就是 1486 页面。

这部古代抄本在形制上有许多特异之处。首先，几乎所有早期基督教文献都是抄在纸草上的写本，而《西奈抄本》则是用皮纸（parchment）制成的册子本。[1] 这些皮纸使用了更结实、制作技术更高的兽皮，经过打磨、脱毛等特殊工艺的处理。其次，它在形制上有别于更早的基督教《圣经》册子本。之前的纸草册子本大都呈长方形，页面的高度约两倍于宽度。而《西奈抄本》的开本，高度和宽度约略相等，接近正方形的形状。而且每叶皮纸的尺寸更大，高大约 38 厘米，宽大约 34 厘

1　有关册子本的讨论，请见本书前一章。

米，与普通16开的《辞源》相比，还要长出五分之二、宽出将近一倍。[1] 第三，页面上文字书写的格式也颇奇特。《圣经》的皮纸册子本，通常每页写两栏文字，另一部4世纪的《梵蒂冈抄本》（Codex Vaticanus）是3栏。但《西奈抄本》页面宽阔，一页竟抄有4栏文字，这点非比寻常。第四，从抄经的字体来看，更早的纸草写本，大都字迹潦草，显示誊写者并不精于缮写，只掌握抄写日常文书的书写能力。但《西奈抄本》则不然，所抄写的希腊文大写字母，字体工稳，遒劲有力，明显是最专业的书手精工细作而成，书法之精美已臻化境。

《西奈抄本》在形制和字体上可谓独树一帜，而且所抄写的《圣经》文字改动极多。据统计，目前所存的800多页中，一共有23000余处更改，平均每页将近30处。[2] 如此大规模、系统的校正，在今存《圣经》古抄本中非常罕见。根据字体和墨色来分辨，学者可以看出有些改动是第一批书手在誊写完毕之后立即完成的，有些则是在后面几百年间由不同时代的读者在校对时所施

---

1 存世的早期基督教纸草册子本，开本最大的也只有33×19厘米。Harry Gamble, "Codex Sinaiticus in Its Fourth Century Setting", in Scot McKendrick, David Parker, Amy Myshrall and Cilian O'Hogan (eds.), *Codex Sinaiticus: New Perspectives on the Ancient Biblical Manuscripts* (London: The British Library, 2015), p. 4. 这部最新的论文集，以下引用时简称 *Codex Sinaiticus: New Perspectives*。

2 Parker, *Codex Sinaiticus*, p. 3; Klaus Wachtel, "The Corrected New Testament Text of Codex Sinaiticus", in *Codex Sinaiticus: New Perspectives*, p. 97.

加的，最晚的改动迟至 12 世纪，这也显示对《西奈抄本》的阅读和校勘，一直没有停止。这些修改中，有三分之二是对单词拼写的改正，但也有对经文脱漏之处的补正，还有对原抄文字更复杂的删改。如此一来，《西奈抄本》便宛如一块活化石，既保存了 4 世纪的《圣经》本子，又如实呈现了历代校勘和修订的整个过程。正是因为《西奈抄本》年代古老，缮写精美，又有极高的校勘价值，所以无论对于圣经校勘学、书籍史，还是古文书学来说，都是弥足珍贵的古代遗存。

《西奈抄本》在何时何地被抄写？有关这个话题，英国学者斯基特（Theodore Cressy Skeat，1907—2003）有一个精彩的分析。《西奈抄本》在 1933 年入藏大英博

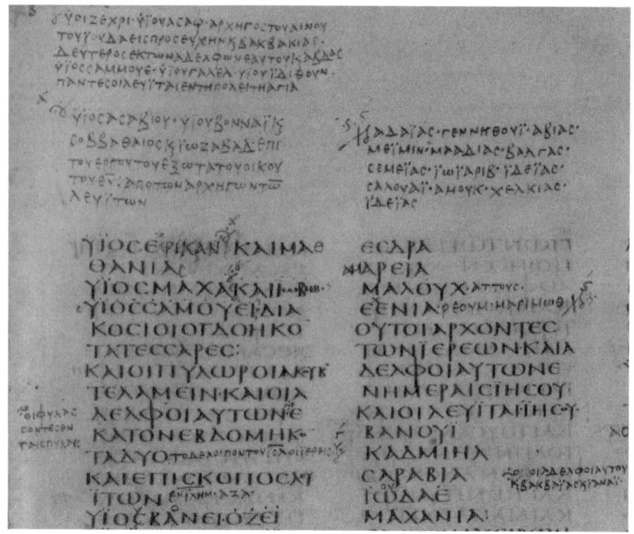

物馆之后（细节详后），斯基特和同事米尔恩（H. J. M. Milne）便展开系统研究。四年静悄悄过去，到了 1938 年 1 月，斯基特在伦敦的《每日电讯报》上发表两篇短文，向英国公众介绍了最新研究成果。[1] 随后，他们在 1938 年出版《西奈抄本中的书手和校改者》一书，至今仍是这个领域中的经典之作。[2] 斯基特认为，《西奈抄

1 T. C. Skeat, "Four Years' Work on the Codex Sinaiticus", *The Daily Telegraph*, January 11, 1938; "Clues and Blemishes in the Codex Sinaiticus", *The Daily Telegraph*, January 12, 1938. 两文均收入 J. K. Elliott 编辑的《斯基特圣经学论文选》：*The Collected Biblical Writings of T. C. Skeat* (Leiden: Brill, 2004)。

2 H. J. M. Milne and T. C. Skeat, *Scribes and Correctors of the Codex Sinaiticus* (London: British Museum, 1938).

本》在制作过程中，书手不是一边目视手边的母本，一边将文字誊录在崭新的皮纸上。而是有人在一旁高声念诵，书手将听到的文字抄出。书手的抄写活动是“听写”，而不是“视写”（visual copying）。书手在听写过程中，可能会犯下极具穿透力和启发性的错误。

《马太福音》第 13 章中，耶稣讲了一连串的比喻，将天国比作在田里撒种，比作芥菜种和面酵。讲毕，耶稣离开那里，“来到自己的家乡”（13: 54, *eis ten patrida*）。此处，《西奈抄本》却抄成 *eis ten antipatrida*，意思变成“来到 Antipatris”。书手在希腊文“家乡”（patris）一词之前，误加了 anti 四个字母，而有趣的是，Antipatris 乃是巴勒斯坦的一个地名，《使徒行传》中曾出现（23:31），译作“安提帕底”。这个意味深长的误抄，是英国学者哈里斯（Rendel Harris）在 1897 年发现的。他认为，书手自己居住在该撒利亚（Caesarea），安提帕底是该撒利亚南边 45 公里的一座小城。当书手听到福音书中“家乡”一字时，他的大脑一时短路，不知不觉联想到自己家乡附近、与“家乡”一字发音相似的安提帕底城。[1]

斯基特还独立发现由听写而产生的类似错误。《使

1 斯基特多次引用这个例子，可见他 1938 年发表在《每日电讯报》上的文章（*The Collected Biblical Writings*, pp. 114-115）、他与 Milne 合著的专著（*Scribes and Correctors*, p. 68）以及 1999 年的论文（*The Collected Biblical Writings*, p. 194）。

徒行传》第 8 章有一句“腓力下撒玛利亚城去”（8:5），结果《西奈抄本》的书手误写作“腓力下该撒利亚去”。[1] 此处的抄写讹误，其原因也正在于书手极有可能就居住在该撒利亚。他在听写过程中，一时恍惚，用自己最熟悉的地名无意识代替了《圣经》中其他地名。书手一时松懈所造成的疏忽，却给了后世学者提供了强有力的证据，可考察出《西奈抄本》在何处被制作。这也是“听写”所带来的意外收获。斯基特在 1938 年的报纸文章中写道：

> 通过眼睛观看、一字一句抄写无误的抄本，打个比方，就像一件死物，无法告诉我们有关书手的性格或环境的任何事。但是通过听写来完成的抄本就完全不同了。虽然出错的机会大大增加，而且这些错误就其自身而言当然是不如人意，但却能给我们一个机会，去了解书手和读者。[2]

所以，斯基特判断，《西奈抄本》的制作地点就在巴勒斯坦的该撒利亚一地，也就是君士坦丁大帝所信赖的尤西比乌主教的家乡。尤西比乌所著的《君士坦丁

---

1 Skeat, *The Collected Biblical Writings*, p. 115, pp. 194-195; *Scribes and Correctors*, p. 68.

2 Skeat, *The Collected Biblical Writings*, p. 114.

传》中，曾记载皇帝要求这位主教制作50部《圣经》，送到新建的君士坦丁堡。所以《西奈抄本》或有可能就是皇帝定制的皇家豪华版《圣经》之一。

43张残叶

《西奈抄本》的发现，已和德国《圣经》学者康斯坦丁·提申多夫（Lobegott Friedrich Konstantin Tischendorf，1815—1874）的名字永久连在了一起。提申多夫何许人也？我引一本《新约》版本校勘学的标准著作，其中是这样介绍的：

> 现代《新约》校勘学者最应感谢的人，毫无疑问，是提申多夫。他发现和刊布了大量希腊文《圣经》抄本，还出版了多种希腊文《圣经》的校勘版，数量之多，超过任何人。1841年到1872年之间，他编辑了八版希腊文《新约》，有些单独重印，有些则配上德文或拉丁文译文。他还刊布了22卷《圣经》抄本的文本。[1]

---

1 Bruce Metzger and Bart Ehrman, *The Text of the New Testament*, 4th edition (Oxford University Press, 2005), p. 172.

这位19世纪的《圣经》校勘学巨擘，如今在专业学术圈之外，已少有人提及。好在还有念旧的学者。2015年，正值他诞生二百年，加拿大学者波特（Stanley E. Porter）出版了一本《提申多夫传略》，简要勾勒了他的生平和贡献。[1]这部《传略》在附录中，重印了提申多夫一部短著的英译本。这本小册子，题为《福音书写于何时？》，发表于1865年，从《圣经》版本和流传方面破除当时对基督教的批判和质疑。提申多夫还写了一篇发现《西奈抄本》的小记，作为小册子的前言。如今，波特这本传略让提申多夫的自述在21世纪又得以广泛流传。

提申多夫精于《圣经》版本校勘，坚信若能发现越多古本，就越有可能恢复《圣经》文本的原貌，也越有可能解决经文中聚讼纷争的各种异文。所以他自青年时代就一直锲而不舍地搜求《圣经》古抄本，足迹遍布欧洲各国。让学界对他刮目相看的，是他对《以法莲重写本圣经》（*Codex Ephraemi Rescriptus*）的破解。这部希腊文《圣经》是5世纪的抄本，到了12世纪，人们将页面上的字迹洗掉，用浮石涂擦，然后又在旧纸上抄录4世纪叙利亚教会神学家以法莲（St. Ephraem，303—

1 Stanley E. Porter, *Constantine Tischendorf: The Life and Work of a 19th Century Bible Hunter* (London: Bloomsbury, 2015).

373）的著作。对于《圣经》校勘家来说，这样的“重写本”中，最可宝贵的当然是被涂掉的底层文字，因为那里尘封着一部 5 世纪的《圣经》珍本。但苦于被涂掉的字迹实在难以辨认，所以这一古本一向未能得到充分利用。提申多夫于 1840 年来到巴黎，决心彻底解决这个棘手的问题。他将化学试剂小心地涂布到抄本上，但更多凭靠耐心和毅力，一个字母、一个字母地辨认，使得被涂抹和被“压抑”的潜藏文字在七百年后终于得见天日。1843 年，他刊印了这一重写本的《新约》部分，使得他在学术界名声大振。而他当时只有 28 岁。

欧洲各大图书馆所藏的《圣经》古抄本，提申多夫都已寓目。西方的抄本资源既已用尽，提申多夫开始将目光投向东方这块富矿。他得到政府和私人的资助，于 1844 年 3 月启程，奔赴耶路撒冷。他先在埃及参访了几座修道院，然后在当年 5 月首次造访了西奈山脚下的圣凯瑟琳修道院（St. Catherine’s Monastery）。这座古老的修道院是查士丁尼一世所建（Justinian I，526—565 年在位），始建于公元 565 年。

在这座西方学者很少光顾的修院内，提申多夫很快就有了惊人发现。以下摘自提申多夫的自述，从英译文译出：

> 1844 年 5 月，在造访修道院的藏书室时，在

一个大厅中央，我看到一个又大又宽的篮子，装满旧的皮纸书。主管藏书室的修士博洽多闻，他告诉我，像这样的两堆纸，年久腐烂，已被付之一炬。在这堆废纸中，我竟然发现了一部希腊文《旧约》相当数量的散叶，是我曾见到的最古的本子之一，这让我大为惊讶。修道院的主事者允许我将这些皮纸的三分之一、大约 43 叶据为已有，因为反正他们准备烧掉，所以格外痛快。可我无法让他们出让其余的部分。我流露出的欣喜之情太过强烈，使他们有点怀疑这部抄本的价值。我从《以赛亚书》和《耶利米书》中誊录了一页，叮嘱修士们，若有可能找到其他文本，一定要小心呵护。[1]

提申多夫去东方访书，3 月出发，5 月就有斩获，而且得来全不费工夫。他本是个精细之人，回到欧洲之后，为防止别人顺藤摸瓜，所以对于发现地始终含糊其词，期待有朝一日能重返西奈山，将余下的 80 多叶取回。提申多夫将此次出行的战利品——访得的共 50 部

---

1 C. Tischendorf, "The Discovery of the Sinaitic Manuscript", in *Codex Sinaiticus: The Ancient Biblical Manuscript Now in the British Museum*, 8th edition (London: The Lutterworth Press, 1934), pp. 23-24; Porter, *Life of Tischendorf*, pp. 123-124. 我引用提申多夫的自述，会同时注出英译文较早版本与波特这部传略中重印版本的页码。

抄本——存在莱比锡大学图书馆，并将从圣凯瑟琳修道院得来的43叶残书，命名为“弗里德里克·奥古斯都抄本”（*Codex Frederick Augustus*），以感谢资助他去东方访书的国王。

1853年，他故地重游，但这一次收获甚微，只找到《创世记》的一张残叶，被修士们当作书签夹在其他抄本中。但这让他坚信，这个抄本最初必定包含了全本《旧约》。提申多夫如同斯威夫特笔下的格列佛一样，过不了安生日子。手中既已有了古抄本的40多叶，自己经眼的那另外80多叶自然让他魂牵梦萦。到了1856年，他向沙俄政府递交了一份去东方访书的计划书，希望能得到资助。一名外国的新教教徒，竟向希腊和东正教会的皇帝寻求帮助，这让人感到非常惊愕。但个中原因其实不难理解。圣凯瑟琳本是东正教修道院，如果学者能获得沙皇的支持，那么院方自然会为他开绿灯。提申多夫是一员福将，沙皇竟然恩准了他的请求，提供了经济资助。就这样，他第三次踏上去东方的旅程，这也是最戏剧化的一次。

给沙皇的献礼

1859年1月31日，提申多夫第三次也是最后一次来到西奈山脚下的修道院。根据他的记述，2月4日，他与院中一位管事闲聊，那人说他也读过希腊文《旧约》，而且从屋中取来红布包裹的一册书。提申多夫写道：

> 我打开封皮，惊异地发现，里面正是十五年前我从那个篮子里取出的残叶！不仅于此，还有《旧约》其他部分以及整部《新约》！此外，还有《巴拿巴书》和《黑马牧人书》。我心下大喜，但这次我按捺住兴奋之情，为的是不让管事和其他人察觉。我装作漫不经心的样子，问他是否能让我拿回卧房里，待空闲时仔细查看。回到卧房，我才无所顾忌地表露狂喜。我知道，我手上捧读的乃是世间最宝贵的《圣经》财富。这件抄本的年代和重要性超过我过往二十年间所寓目的所有抄本。[1]

提申多夫彻夜未眠，不是因为兴奋过度，而是抄了一整夜书。《巴拿巴书》（the Epistle of Barnabas）现在被划入“使徒教父”的著作（Apostolic Fathers），但早期教会作家往往将其归入《新约》。这部书大约成书于 2 世纪早期，上半部只有拉丁译文存世。两个世纪以

1 Tischendorf, “The Discovery of the Sinaitic Manuscript”, p. 27; Porter, *Life of Tischendorf*, p. 126.

来，学者一直在苦苦搜寻该书的希腊文原本。提申多夫借着微弱的灯光、通宵达旦抄录的，就是这部当时的海内孤本。

第二天一早，提申多夫请求这位执事，希望能把全部抄本带回开罗，找人誊录全文。但修道院的住持因教会事务已去了开罗，旁人不敢擅自作主。提申多夫立即赶奔开罗，获得住持的批准，数日之后，全部抄本送交到他手中。据提申多夫自己讲述，在后面两个月中，他找了两个懂希腊文的德国人做帮手，在摄氏 40 度的酷暑里，硬生生手抄了 11 万行的希腊文《圣经》。

由于提申多夫接受了沙皇的资助，自然萌生出感谢恩主的念头。若能将此抄本放置在圣彼得堡，今后查阅起来肯定会更方便。再加上圣凯瑟琳修道院从 14 世纪以来就受俄国的庇护，所以提申多夫向修道院提出，将此抄本作为礼物敬献给沙皇亚历山大二世。1862 年，提申多夫将抄本交予俄国外交部。此后，西奈地区的大主教人选发生争议。原先选定的大主教履职不久，即遭罢黜，被新主教取代。而两任主教对于《西奈抄本》的归属有完全不同的理解。前主教认为，修道院从未有意捐献抄本，而新主教则站在提申多夫一边。经过多年的争吵和谈判，西奈大主教最终与沙皇特使签订了正式的捐赠协约，并收到沙皇赏下的 9 千卢布和勋章。从此，《西奈抄本》篇幅最大的这一部分，便入藏圣彼得堡的皇家图书馆，归沙皇亚历山大二世所有。

《西奈抄本》的发现，足以使提申多夫名垂青史。但由于他对于发现地点以及详细过程遮遮掩掩，直到1865年的自述中方正式披露，所以人们不免起疑：他是正大光明得到这部古抄本，还是其间有什么蹊跷？帕克和波特这两位学者，在评价提申多夫如何获得抄本时，就存在明显分歧。帕克认为提申多夫的自述，颇多东方主义的渲染，营造出西方中心主义的传统画面：欧洲学者远赴文化落后地区，将当地人弃之如敝屣的古书，奋力挽救出来。帕克还觉得提申多夫无法和当地人直接交流，所以与修士们的交涉或存在误解。他的怀疑可集中见于下面这段话：

> 长期以来，提申多夫的自述被西方学界轻易采信，但其中有绕不开的疑点。皮纸不会燃烧。即使能燃烧，发现了用于装订的残叶，特别是1975年的新发现，都证明西奈抄本被烧，难以成立。最后，重要的一点是，1844年到底发生了什么，并未找到其他记录，因此他的陈述缺乏旁证。[1]

相较于帕克不留情面的批评，波特就显得宅心仁厚

1 Parker, *Codex Sinaiticus*, p. 132.

得多了。在《传略》一书中，他列举了历代对提申多夫的几点质疑，并全力为传主辩护。比如，提申多夫对于发现地一开始支支吾吾，是不想让其他人分一杯羹，这不过是搜求古籍的策略，属于合理的职业考虑。而且当时古抄本的买卖乃是寻常之事，所以波特认为：没有确凿的证据证明提申多夫采用了见不得人的手法。说得明白一些，提申多夫自己获得的那 43 叶，不是盗书，而是通过公平交易买来的。

古籍换外汇

1928 年，苏联进入第一个五年计划。为保证随后的第二个五年计划能顺利完成，需要大量外币购买商品和机械。这时，苏联政府允许将已经国有化的珍贵艺术品卖给西方，以换取急需的外汇。1933 年是第二个五年计划的开始，以文物换外汇的政策继续执行，圣凯瑟琳修道院赠送给沙皇的《西奈抄本》，也列在待售文物的清单上。英国经营古籍买卖的商行闻风而至，穿针引线，结果苏联方面要价 20 万镑，而英方一开始仅愿意出价 4 万镑。经过讨价还价，最终以 10 万英镑的价格成交。这次交易经过了苏共中央政治局的批准，斯大林还在 1933 年 12 月 5 日的政治局决议上签字。就这样，沙皇用 9 千卢布和几枚勋章换来的《西奈抄本》，竟意外地为苏维埃社会主义建设做出了贡献。前面说过，当时的 10 万镑，相当于现在的 5 百万镑，但其实业内人士并不觉得这个成交价贵得离谱。有行家认为，如果没有经济大萧条，如果美国人的钱袋没有瘪，那么 20 万英镑卖给美国也不成问题。

1933 年，全世界都深陷经济大萧条之中，英国也不例外。政府财政紧缩，人民手头拮据，失业人口激增。饭都吃不饱的时候，花天价买什么劳什子《圣经》呢？买，还是不买，英国内阁就有分歧。时任英国首相拉姆齐·麦克唐纳（Ramsay MacDonald）力主购买，因为苏联政府换得的外汇，还会用于购买英国产品。但管钱袋子的财政大臣、下一任的“绥靖”首相张伯伦却叫苦不迭。但由于首相全力支持，张伯伦最终也只得让步，但他开出了一个条件：英国政府先提供 10 万英镑的资金保证，但大英博物馆必须负责向社会大众募捐。若筹来的款项达不到 10 万镑，则政府补齐剩余的金额。也就是说，政府托底，大众每捐一镑，则替政府省下一镑。由于担心民众一旦知道政府打了包票，捐款的热情会随之降低，所以对外的说法是：政府负责一半资金，博物馆以募捐的方式解决另一半。因为苏联政府要求货到付款，所以这 10 万英镑先由财政部的应急基金垫付。

《西奈抄本》在 1933 年圣诞节期间从苏联运到英国，于是就出现了本文开篇所描述的那一幕。移交仪式结束后，当日进馆参观人数达 6 千人。抄本第二天就在馆内正式展出，不少虔诚的参观者亲眼见到如此古老的《圣经》，情不自禁，脱帽致敬。抄本展出的前两周，参观人数高达 8 万多人次。《圣经》古本既已入藏大英博物馆，一块石头落了地，筹款活动马上展开。英国学者弗雷姆（William Frame）有一篇文章，专讲当年举国募捐的经过，让我们能从“募捐学”角度来了解当时的英国。[1]

大英博物馆迅速印制了 4 万册募捐倡议书，四处分发。到 1934 年 2 月，《西奈抄本》展出不到两个月，捐款已超过 2 万英镑。大英博物馆的捐款箱，每天能收到的小额捐款从 20 镑到 40 镑不等。捐款看似踊跃，但来自普通民众的数额并不大。所以，大英博物馆针对社会名流和企业家，采取了集中攻势。国王乔治五世和玛丽王后做了大英臣民的表率，捐了 125 英镑。只是国君也不如企业家财大气粗，有巨商随随便便就“一掷千镑”。

《西奈抄本》为英国收藏，宗教界当然为之欢欣鼓舞，因为这等于将《圣经》古本从无神论国家手中挽救出来。但世俗化渐深的英国民众，并不都买账。我们也听到了不少刺耳的声音。1933 年英国的失业人数高达

1 William Frame, “The British Library Purchase of Codex Sinaiticus”, in *Codex Sinaiticus: New Perspectives*, pp. 201-212.

3 百万，这时去购置一部既不能当饭吃也不能带来工作机会的古籍善本，这种“堂吉诃德精神”不是脚踏实地的英国人所能消受的。特别尴尬的是，英国人民勒紧裤腰带筹集的募款，最终毕竟要流入苏联政府的钱袋。当时曾有人刻薄地说：“如果首相一定要继续帮助俄国人，他难道不能自掏腰包吗？为何要动用公款？”[1] 资本主义英国虽得到珍贵的文物，却也无形中援助了社会主义事业，而且帮助的还是不拜上帝的红色政权，难怪一位作家在写给大英博物馆的信中说：“将 10 万英镑交付给敌视基督的政府，这大错特错。”[2] 但多数宗教情怀尚存的英国人，还是觉得购买《西奈抄本》是利国利教的善举。募款活动基本成功，最终共收到 5 万多镑，加上大英博物馆董事会支付的 7000 镑，最后，英国政府实际支付的金额为 39000 镑。

被拆成四块的《西奈抄本》，现在分别藏于英国、德国、俄罗斯和埃及四国。2010 年，这部珍贵古籍的四部分，又重新聚合在一处。这次“合体”要拜互联网之赐。大英图书馆、莱比锡大学、俄罗斯国家图书馆和圣凯瑟琳修道院这四家机构联手，将抄本现存的每一页都用数码相机拍摄了高清图片，全部放在网

1 Frame, “The British Library Purchase”, p. 205.

2 Frame, “The British Library Purchase”, p. 208.

上，供人浏览。如今，我们只需轻按鼠标，登录 www.codexsinaiticus.org 这个《西奈抄本》的官网，就可以随意观看抄本的每一页，欣赏 4 世纪职业书手的精美书法。这肯定是提申多夫当年所始料未及的。

2015 年 7 月，我去大英图书馆参观。此前从书里看到，这部英国人以天价购来的珍本，会“永久”放在长期展厅。但在幽暗的展厅转了好几圈，都没有找到。询问工作人员，方得知有人抱怨《西奈抄本》展览时间过长，以致大家无缘看到其他的圣经珍本。所以，当时躺在玻璃柜里的，是一部 5 世纪的《圣经》古本——《亚历山大抄本》(*Codex Alexandrinus*)。这件抄本高 32 厘米，宽 26 厘米。我定睛观看，比《西奈抄本》的开本果然小了不少。

（本文最初发表于《读书》杂志 2016 年第 12 期。此次结集，加入了斯基特对于抄写地点的讨论，并补上所有注释。）

从大西岛到《出埃及记》：火山与神话

1980年，中央电视台开始播放美国电视连续剧《大西洋底来的人》。主人公麦克·哈里斯来自深海，但他已失忆，记不起家在哪里。他能像鱼一样在水中呼吸，能自由自在地在海底游泳，还具备其他神通。但他绝不能离开水太久，否则全身器官就会衰竭。这个神秘的海底来客帮助海洋科学家和军方完成了一系列探险、探秘活动，包括挫败试图毁灭地球的科学狂人、接触外星生命体等等。这是当年在国内轰动一时的电视剧，相当于现在的进口大片儿，而且据说是改革开放之后国内引进的第一部美剧。

但这部电视剧的英文标题叫作 Man from Atlantis。他不是来自大西洋，而是来自“亚特兰蒂斯”。这个名字是音译，意译就是“大西岛”。原来，这部美剧的背景是著名的“大西岛”传说，这个故事在西方已流传了两千多年。大多数传说，后人往往不知道源头在何处，但大西岛却不同，因为我们明确知道这个传说只有一个单一来源，那就是柏拉图的两篇对话。其实只能算一篇半，因为其中一篇对话没有写完。

沉入海底的帝国

《蒂迈欧篇》（*Timaeus*）是柏拉图（公元前 428—347 年）的晚期对话，大约写于公元前 355 年左右，而对话发生的虚构年代大约是公元前 425 年。[1] 蒂迈欧来自意大利南部，做过行政官，也精研哲学。参与对话的另一人克里提亚斯（Critias），乃是柏拉图的曾外祖父（柏拉图母亲的外公）。对话开篇，苏格拉底向蒂迈欧简要概括了前一天谈话的主题，主要有关理想的城邦以及城邦中的各阶层。这让人想到，前一天的讨论与《理想

---

1 我引用的是“企鹅经典丛书”（Penguin Classics）的英译本：Plato, *Timaeus and Critias*, translated by Desmond Lee (London: Penguin Books, 1971)。英译者在书后附有一篇《关于大西岛的附录》（“Appendix on Atlantis”，pp. 146-167），很有帮助。

国》的主题相近。苏格拉底接下来说，想要具体看看这样的城邦如何与其他城邦相处，如何与他国交战，如何展现此“理想国”的教育体制所培养出的个人品性。此时，另一对话者说就在昨日，克里提亚斯曾给他们三人讲了一个故事，请求他现在对苏格拉底复述一遍。这相当于对话的楔子，克里提亚斯应他人的请求，便开始重述昨天已讲过的故事，也就是亚特兰蒂斯的传说。

克里提亚斯称，最先讲述此事的乃是雅典政治家梭伦（约公元前 638—前 559 年），他是克里提亚斯曾祖父的亲戚和密友，从埃及人那里了解到一段往事，然后将故事告诉克里提亚斯的祖父（名字也叫克里提亚斯）。老克里提亚斯年迈时经常向家人讲这个故事。克里提亚斯说，他 10 岁时就听过祖父讲述过。也就是说，亚特兰蒂斯的故事是从埃及采集到的一段秘闻，保存在柏拉图家族中，一代又一代口耳相传。当然，这只是对话中人物的讲法，是柏拉图常用的文学技巧。

根据梭伦的说法，他在埃及游历时，曾造访古城萨伊斯（Sais）。梭伦发现，自己对于远古历史毫无了解。他对埃及祭司讲了他所了解的希腊最早的历史，以及丢卡里翁（Deucalion）的洪水神话。此时，一位年迈的祭司对他说：

> 哦，梭伦，梭伦，你们希腊人都是孩子，根本

就不存在古代希腊人。”梭伦问道：“此话怎讲？”祭司答道：“你们全都心灵幼稚，你们没有一个思想来自古老的传统，也不具有任何古代知识……（22b）

据这位将希腊人称为孩童的祭司说，在自己的神庙里，保存着最古时代的书写记录。他随后讲述了九千年之前发生的事。

九千年前，大西洋中有一强盛帝国，唤作“亚特兰蒂斯”（Atlantis）。这个大帝国的位置，就在希腊人称为“赫拉克勒斯之柱”对面（Heracles' Pillars，即现在的直布罗陀海峡），是一座很大的岛屿，面积比利比亚（北非）和亚细亚（西亚）加起来还要大（25a）。它控制的区域从北非直到埃及，从欧罗巴直到第勒尼亚（Tyrrhenia），相当于整个地中海。这个帝国企图一举征服雅典和埃及，而雅典人英勇无比，击退了亚特兰蒂斯的进犯。此后，突然有地震和洪水暴发，一夜之间，这个军事帝国沉入海底，就此彻底消失。克里提亚斯的故事到此戛然而止，接下来，蒂迈欧开始入正题，讲述宇宙的创生。这篇对话在西方非常有名，因为它描述了造物神依照数学原则创造宇宙。中世纪神学家把基督教的上帝想象成手持圆规来创世的建筑师或者设计师，就是受到《蒂迈欧篇》的影响。但对于关心大西岛的人来说，这篇对话的亮点反而是前言中简略提到的这个传说。

《克里提亚斯篇》(*Critias*)是一部未写完的对话，正接《蒂迈欧篇》之后，对于大西岛的地理环境、历史、制度和风貌有更为翔实的描写。据说海神波塞冬分得亚特兰蒂斯，他与人间女子结合，将生下的孩子安置在岛上，这便是大西岛的由来。岛上有一中央平原，最为富饶。其上有一小丘，波塞冬设计了同心圆的结构，用海水和陆地将小丘团团围绕，呈现出两环陆地，三环海水的车轮结构。水道之间，修有运河来连通。这样的设计，为的是不让外人轻易找到海岛的中心地带。岛上的行政区划，分为十个区，由五对孪生子居住，也就是十位国王来治理。"亚特兰蒂斯"就得名于首位国王阿特拉斯(Atlas)。岛上物产丰富，应有尽有，除了黄金是最贵的金属之外，使用黄铜也非常普遍。王宫周围是用黄金打造的宫墙，王宫中央立有神坛，供奉的是波塞冬和他的心上人。岛上的十位国王拥有绝对的权力，每五年聚首，商议邦国大事。在祷告之后，还设有献祭仪式，国王必须单枪匹马去捕牛，只能用棍子和套索，不得使用兵刃。宰杀牛之后，必须将牛血淋在柱子的铭文上面，混合着酒一起喝掉。此外，还有很多戏剧化的细节，都在这半部对话录中。

柏拉图是讲故事、造寓言的天才，笔下的故事虚虚实实，令人难辨真假。这座神秘的大西岛，是他精心杜撰的哲学寓言，还是多多少少包含了一丝真实的历史记忆？新柏拉图主义哲学家普罗克鲁斯（Proclus，412—485）为《蒂迈欧篇》做注释，提到古代学者在这一点已有分歧：

> 有人说，关于亚特兰蒂斯人的故事乃是真实的记述，比如柏拉图第一位注释者克兰托（Crantor）。……也有人说这是神话和虚构，从未发生过，只是显示了宇宙在过往的常态或者将来要发生的事情。[1]

普罗克鲁斯倾向于将这个故事理解为有神学意味的寓言，亚特兰蒂斯对雅典的“侵略”，被解释为低等、物质性的元素对恒定、纯粹的神灵世界的进犯。[2]

寻找消失的文明

古代哲学家大多认为大西岛是个寓言故事，很少有人去探究它的地理方位。但从 15 世纪末发现美洲之

---

1 卷一，第 76 节。*Proclus, Commentary on Plato's Timaeus, Volume I, Book 1*, translated with an introduction and notes by Harold Tarrant (Cambridge: Cambridge University Press, 2007), pp. 168-169. 我是从法国古典学家维达尔-纳凯的书里了解到普罗克鲁斯的著作：Pierre Vidal-Naquet, *The Atlantis Story: A Short History of Plato's Myth*, translated by Janet Llyod (University of Exeter Press, 2007), pp. 46-49。

2 卷一，第 175 节。*Proclus, Commentary on Plato's Timaeus, Volume I, Book 1*, p. 275.

后，欧洲人对于远方、异域的兴趣大增，在这样一种趋势下，大西岛从古籍中被拎出来，成为探秘和猜想的对象。第一批写美洲征服史的西班牙教士和作家，就认为哥伦布发现的美洲大陆就是柏拉图所写的亚特兰蒂斯。16 世纪中期，西班牙历史学家戈马拉（Francisco Lopez de Gomara，1511—1566）就提出这样的观点，还说阿兹特克人保留了一个传说，记载本族乃是从 Aztlan 这个地方迁至美洲。当时还有人提议，将美洲直接命名为"亚特兰蒂斯"，甚至在地图上就干脆用 Atlantis 来标记新大陆。[1] 此后，千奇百怪的猜想不断涌现，寻找一万多年消失的大西岛，成为各路天才和怪才大展拳脚的领域。我下面举两个著名例子。

奥洛夫·鲁德贝克（Olof Rudbeck，1630—1702）是 17 世纪著名的瑞典科学家，担任过乌普萨拉大学的校长。[2] 他发现了淋巴系统，证实了哈雷的血液循环说。鲁德贝克发明了一种工具，可以根据土壤的不同层来判断年代。他宣称瑞典是世界最古的文明，甚至早于特洛伊一千年。[3] 他甚至认为，柏拉图笔下的亚特兰蒂

1 L. Sprague de Camp, *Lost Continents: The Atlantis Theme in History, Science, and Literature*, revised edition (New York: Dover Publications, 1970), pp. 28-29.

2 关于鲁德贝克的生平和他对亚特兰蒂斯的痴迷，我参考的是 David King, *Finding Atlantis: A True Story of Genius, Madness, and An Extraordinary Quest of a Lost World* (New York: Three Rivers Press, 2006)。此书有中译本。

3 King, *Finding Atlantis*, p. 59.

斯就在瑞典，并给出了具体方位：乌普萨拉老城（Old Uppsala）。他带领学生多次前往老城的遗址发掘，发现了面积与柏拉图所说相近的古代遗址。根据一位中世纪修士的记载，位于此处的古代异教王国有王宫、神庙、河流。神庙四周有纯金的链条环绕，庙顶覆盖着黄金，与大西岛类似。异教的祭祀仪式中，所用的牺牲还包括牛，与大西岛以牛献祭给海神如出一辙。[1] 这些表层的相似，今天看起来并不构成什么确凿的证据，却都被鲁德贝克采用，来证明他的同胞脚踏的就是柏拉图所描写的、已然消失的古代帝国。

鲁德贝克于 1679 年出版《大西岛》（*Atlantica*）一书。在书中，他采用了一个机智的办法来解决年代的矛盾。柏拉图说，大西岛沉没发生在九千年前，这个时间无疑太过漫长了。鲁德贝克的解决方案是：大西岛人不会使用后人的格利高里历和儒略历，他们使用的是根据月相变化的特殊历法。他们所说的“一年”，实际上相当于现今的“一个月”。如此一来，则埃及祭司所说的九千年，实际对应现今的九千个月。通过简单的除法，可知 9000 月等于 750 年，再加上梭伦游历埃及大约在公元前 600 年，两数相加，得到的是公元前 1350 年，

1 King, *Finding Atlantis*, pp. 115-116.

这就被定为大西岛沉落的年代。[1]

我再举一个 19 世纪的例子。掀起近现代“大西岛热”的是美国学者唐纳利（Ignatius Donnelly，1831—1901）。[2] 他不是孤独的学术狂人，而是一位颇有影响的政治家。唐纳利早年从政，28 岁时当选明尼苏达州副州长，还在众议院任职八年，可能是当时美国国会中最博学的人。他在 1870 年的选举中落败，于是退而著述，于 1882 年出版《大西岛：洪水之前的世界》。[3] 在 19 世纪之前的三个世纪中，寻找大西岛还只是让少数学者沉迷的事业，未能在民间形成风潮。而唐纳利这本书，则一手将这项工作打造成大众津津乐道、趋之若鹜的民间运动。唐纳利笔下的大西岛，已不复是柏拉图对话中那个威胁亚细亚和欧罗巴的军事帝国，而变成现今世界一切文明的源头。在这本书开篇，唐纳利就阐述了他的主要观点：大西岛位于大西洋，柏拉图所描述的乃是历史实情；在大西岛上，人类首次从野蛮状态进化到文明，随后此种高等文明传播到全世界，向西传至南美洲、北美洲，向东传至欧洲和非洲西海岸。举凡希腊、腓尼基、印度和北欧的一切神话，都来自大西岛，而古代埃

---

1 King, *Finding Atlantis*, p. 158.

2 唐纳利的基本情况，见 L. Sprague de Camp, *Lost Continents*，第 37—43 页。

3 Ignatius Donnelly, *Atlantis: The Antediluvian World* (New York: Harper & Brothers, 1882).

及和秘鲁的日神崇拜也同样来自大西岛；大西岛上的民族，最先发明了字母、冶金技术，是印欧民族和闪米特民族的共同祖先；大西岛沉入海底之后，少数幸存者驾船，分别向东方和西方逃亡，于是将灾难的消息以及文明的种子传播到旧大陆和新大陆上的所有国家。[1]

唐纳利研究的主要特点，是试图通过一个古代神话，破解世界所有主要文明的来源。寻找一切神话之匙，这是19世纪神话学研究非常有代表性的做法。具体方法，就是依靠简单的类比，从各种古代文明中寻找器物、语言、制度等方方面面的相似之处，以证明势必有共同的源头。这种方法的背后是“文化播散论”的预设：文明只能具有单一起源，其他文明若出现相似的发明或现象，则必然源自最初发明创造的中心。我们来看唐纳利自己的说法：

> 我不相信有些人的说法，他们认为相似的发明创造在不同国家都自发出现。他们以为，人类迫于现实的压力，总会想到同样的发明来缓解其匮乏。这样的理论是错误的。若果真如此，则所有野蛮人都应该发明出“飞去来器”（boomerang），所有野蛮人都应该拥有陶器、弓箭、投石机、帐篷和小

1 Donnelly, *Atlantis*, pp. 1-2.

舟。简而言之，所有民族都应该上升到文明阶段，因为所有民族都肯定会喜欢舒适的生活。[1]

不同文明不可能同时兴起，是因为唐纳利坚信“野蛮与文明之间的鸿沟，任何民族都无法单凭自己的力量、不借助外来影响而跨越”。[2] 何况，从地中海周边文明来看，其相似性正好证明文明乃是从一地传到另一地。

当我们思考地中海周边民族的文明相似性，没有人傻到会去宣称罗马、希腊、埃及、亚述和腓尼基都是自发、独立地创造出彼此相通的艺术、科学、风俗和意见。如果这样的解释可以适用于地中海两岸的国家，那为何不能用于大西洋两岸呢？如果相似的起源已经无可争议地产生相似的艺术、习俗和条件，那么为何相似的艺术、习俗和条件都不能证明相通的起源呢？……如果我们证明在大西洋两岸发现了基本相同的文明，我们就已经显示：一个文明来自另一个文明，或者它们都从同一源头辐射出来。[3]

---

1 Donnelly, *Atlantis*, p. 133.

2 Donnelly, *Atlantis*, p. 134.

3 Donnelly, *Atlantis*, p. 135.

如果地中海周边的文明——埃及、希腊、罗马、腓尼基——都有高度相似性，可以证明文化的传承和传播，那么这一原则同样适用于大西洋两岸。在这本500多页的书里，唐纳利列举了大量证据，说明大西洋两岸，也就是欧洲和美洲文明，都必定从同一源头辐射出来。为此，他还将“条条大路通罗马”的成语，改成所有文明交织的路径，都最终通向大西岛。

著名科幻作家也是渊博的学者德坎普曾说，如果柏拉图的《蒂迈欧篇》和《克里提亚斯篇》称得上是大西岛研究的“旧约”，则唐纳利的《大西岛》一书足可担得起“新约”的称号。[1] 这部书现在当然会被划归为荒诞不经的“民科”作品。作者研究方法不严格，对比非常随意，而且他也不具备古代语言和历史的专业知识，往往只是借助各领域的研究著作，自己根据需要，抽取出能够证成己说的证据。所以，现在看起来，这本当时的畅销书只能说是19世纪民间神话学猜想的一个著名案例，只具有19世纪文化史和“民科史”的资料价值。

1 De Camp, *Lost Continents*, p. 43.

大西岛与克里特

从 16 世纪到 19 世纪末，各路人马都在苦苦寻找柏拉图笔下的大西岛。如果我们罗列一下大家提出的候选地点，会发现千奇百怪，无奇不有。从瑞典到美洲，从巴勒斯坦到大洋洲，似乎除了中国以外，出现过古代文明的地区都曾经入选。这种向希腊之外、向地中海之外搜求的努力，将大西岛尽量投射到远方的远方、异域的异域。但是到了 20 世纪初年，人们发现大西岛看似远在天边，实则近在眼前。

1909 年 2 月 19 日，英国《泰晤士报》刊登了一篇匿名文章，分在两个版面上，分别题为《消失的大洲》和《大西岛》。[1] 作者实际上是英国考古学家弗罗斯特（K. T. Frost）。文章的要点在于，柏拉图的大西岛指的是克里特岛（Crete），具体来说，是 19 世纪末考古学家在克里特岛上发现的早期米诺斯文明（Minoan Civilization）。在雅典崛起之前，克里特岛乃是当时的海上帝国，势力范围辐射到地中海沿岸各国。这个一度辉煌灿烂的古代文明，短时间之内突然覆灭，就仿佛整个王国刹那之间沉入海底。米诺斯文明也用牛献祭，而

1　第一部分题为“The Lost Continent”，登在当天报纸第 10 页第 1—2 栏；第 11 页 5—6 栏，是文章另一部分“Atlantis”。作者后来称自己为《泰晤士报》“写了一篇文章”，可知原本就是一篇长文，只是发表时登在两页。

且海神波塞冬的地位极为尊崇，这都与柏拉图所描写的、在史前神秘消失的大西岛相契合。但柏拉图对话中的大西岛，明明是在“赫拉克勒斯之柱”对面，而克里特却在地中海之内。如何解决这里面的矛盾？弗罗斯特认为，这纯粹由于古代观察者的视角所致：

> 虽然这个反对意见看起来非常有力，但如果我们想象自己站在古埃及的萨伊斯城、用埃及祭司的视角来看地理位置，我们可以看到，这种矛盾完全是自然而然形成的。……埃及的说法很可能是“最西边的一座岛屿”。克里特是外海中的一座岛，对于紧贴海岸航行的孟菲斯，甚至是底比斯王国的水手而言，的的确确如同位于极西之地。[1]

从埃及人的观察角度看，米诺斯文明远在“西方”。由于克里特是岛国，相对隔绝，所以在他国看来宛若自成体系、单独的大洲。米诺斯文明的国力强盛，雄霸海上，正是大西岛被刻画成军事强国的原因。照此理解，梭伦的确从埃及祭司那里听到故事，但实际是埃及人对于米诺斯人的真实记述，被误当作大西岛。

几年之后，弗罗斯特将自己的观点写成论文，在学

1 《泰晤士报》1909 年 2 月 19 日，第 10 页第 2 栏。

术期刊上正式发表。[1] 他重述了自己的核心假说：柏拉图笔下的“大西岛”不是杜撰，而是确有所指，就是当时地中海的霸主、令埃及人也十分忌惮的克里特岛米诺斯文明。柏拉图将大西岛放在直布罗陀海峡之外，乃是因为“克里特和我们习惯上与近东文明联系在一起的米诺斯文明，对于底比斯帝国的埃及人来说，就是极西之地（the Far West）”[2]。在《蒂迈欧篇》中，梭伦在埃及游历时所听到的故事，弗罗斯特以为极有可能确曾发生过。“梭伦曾去过萨伊斯城，从祭司口中得知在极西之地曾有一强大的海岛帝国，这个说法并非不可能。这则故事很可能来自埃及保存的记录。”[3] 所以，弗罗斯特实际等于说，大西岛一直就在眼前，只不过从古到今，无人“认出”大西岛就是克里特。

前面说过，自文艺复兴以来，欧洲人一直热衷找寻这个“消失的文明”，将目光投向世界各地。民族主义情感强烈者，往往能在各自的祖国里找到大西岛。这中间还有另一层原因。在《圣经》主导的历史观中，一切古代文明都需要在《旧约》中寻找能够安放的位置。但各国写作本国史时，特别是 16 世纪西班牙和 17 世纪的

---

1 K. T. Frost, “The Critias and Minoan Crete”, *The Journal of Hellenic Studies* 33 (1913), pp. 189-206.

2 Frost, “The Critias and Minoan Crete”, p. 199.

3 Frost, “The Critias and Minoan Crete”, p. 202.

瑞典，大西岛这一古代神话提供了一个《圣经》之外的视角，一个分享甚至替代以色列选民地位的途径。按照法国古典学家维达尔-纳凯的说法，只要将自己视为大西岛文明的后人，就意味着在精神、血统和文化传承上不出自犹太人。[1] 也就是说，大西岛提供了早于《旧约》的一个历史起点，是犹太—基督教历史框架之外的一个原点。16 世纪以降，大西岛恰恰提供了摆脱、逃离基督教历史观和《圣经》年代学的机会。和大西岛挂钩，就意味着与《圣经》的世界观脱钩。在这样一种内在驱动之下，众人在寻找大西岛时，便将目光尽量投射到希腊之外，越远离欧洲文明越好。而弗罗斯特的贡献，恰恰在于将目光收拢回来。他发现大西岛不假外求，本就在希腊文明圈之内，甚至就是希腊文明的前身。至于米诺斯文明突然覆灭的具体原因，弗罗斯特并未道及。他在论文中几次谈及洪水，却未出现“火山”一字。[2] 弗罗斯特的这篇论文在发表四年之后，已有人引用。[3] 在稍后出版的考古学书中，偶然也会提及这个想法，[4] 但明

---

1 Pierre Vidal-Naquet, *Atlantis: A Short History*, p. xviii.

2 Frost, “The Critias and Minoan Crete”, p. 201.

3 Edwin Swift Balch, “Atlantis or Minoan Crete”, *Geographical Review*, volume III, part 5 (1917), pp. 388-392.

4 比如，在向公众介绍考古学成就的普及著作中，偶尔能见到这个观点。Ralph V. D. Mogoffin, *Magic Spades: The Romance of Archaeology* (New York: H. Holt and Company, 1929), pp. 31-33, 101-102. 弗罗斯特的影响，少有人谈及，Balch 的文章和 Mogoffin 的书，是 de Camp 一书中提到，我去做了查证。

显传播不广，影响有限。但他将视线拉回地中海世界的开创之功，不容掩盖。

几乎与此同时，考古学家和地质学家开辟了一条平行的研究路线。希腊学者马里纳托斯（Spyridon Marinatos，1901—1974）在1939年撰文证明，直接导致克里特岛上米诺斯文明覆灭的原因，乃是圣托里尼火山爆发。[1] 圣托里尼岛（Santorini）是位于克里特北面120公里的火山岛，现在是旅游胜地，国内游客近年来也频频光顾，网上可以搜到他们拍摄的图片。这座岛，古代叫作锡拉（Thera），中世纪之后才有了“圣托里尼”这个基督教名字。马里纳托斯早在1932年就已形成此种意见，起因是在克里特的考古挖掘过程中，他发现很多深坑，里面满是火山灰。他还注意到巨型石柱和石碑都严重倾斜，似乎被巨大体量的水吸走一样。这时他想到岛上其他米诺斯时期的宫殿也是遭到突如其来的焚毁，然后被弃置。这时他忽然意识到克里特的覆灭非由外敌入侵，而是由具有惊人破坏力的自然灾害所致。而这灾难的源头，极目四望，只有北边120公里之外的锡拉岛火山爆发。[2]

---

1 Spyridon Marinatos, “The Volcanic Destruction of Minoan Crete”, *Antiquity* 13 (1939), pp. 425-439.

2 Marinatos, “The Volcanic Destruction of Minoan Crete”, p. 430. 作者有关这个话题的其他著作是 Spyridon Marinatos, *Some Words about the Legend of Atlantis*,

马里纳托斯在 1939 年的论文中，依照当时的研究水平，将这座火山的爆发年代推算为公元前 1500 年左右。[1] 他和后代很多学者一样，都依靠 1883 年的喀拉喀托火山所观察到的现象来重建、拟构锡拉火山三千多年前的景象（详后）。古代的锡拉岛正处于火山口，在火山爆发之后，由于喷涌出大量岩浆和火山灰，发生塌陷，所以岛的主体深入海底。在描述了灾难性的场景之后，他指出：锡拉岛距离克里特只有 100 多公里，震耳欲聋的爆炸声响一定让克里特岛居民魂飞魄散。火山爆发所引发的海啸，以及飘过来的火山灰，给米诺斯文明造成灾难性破坏。

有关大西岛的位置和被毁灭的原因，就这样由两项研究合力来解释。弗罗斯特认为大西岛就是克里特，但不涉及倾覆的具体原因，也不提锡拉火山。而马里纳托斯则将克里特岛米诺斯文明之毁灭，直接归因于锡拉火山，却不提大西岛。二者相结合，就形成 20 世纪 60—70 年代盛行的"锡拉火山理论"（Thera Theory）：柏拉图笔下的大西岛就是克里特，毁于火山爆发。

（接上页注）

2nd edition (Athens, 1971)。这本小书重印了作者 1950 年发表的一篇文章，前面有作者作于 1969 年的前言。另可见 J. V. Luce, *The End of Atlantis* (London: Thames & Hudson, 1969; Paladin, 1970), p. 43。

1 Marinatos, "The Volcanic Destruction", p. 431.

锡拉火山

我们不免会问：火山爆发能有这么大的威力吗？能够完全摧毁一个文明吗？由于锡拉火山爆发年代遥远，没有任何文字记录，所以我们不得不求助近代有详细记录的火山爆发。学者们不约而同都会想到印度尼西亚的喀拉喀托火山（Krakatau，有时也写作 Krakatoa），它位于爪哇和苏门答腊之间的巽他海峡一个无人居住的火山岛。1883 年 8 月 27 日，这座火山有四次猛烈的喷发，一时间浓烟滚滚、烈火熊熊，滚烫的火山灰和浮石冲射到高空。爆炸声传到千里之外，在澳大利亚、菲律宾、斯里兰卡，甚至印度洋另一端的罗德里格兹岛（Rodrigues Island）也能听到。[1] 该岛的警长詹姆斯·沃利斯（James Wallis）在当月的官方报告中这样写道：

> 26 日，星期天。天气恶劣，有暴雨和飓风。东南风，风力 7—10 级。26 日到 27 日夜间，有几次从东面传来声响，仿佛重炮在远处开炮。这些声响每隔 3—4 小时持续发出，直到 27 日下午 3 点……

1 这方面的记载很多，比如 Jelle Zeilinga de Boer and Donald Theodore Sanders, *Volcanoes in Human History: The Far-Reaching Effects on Major Eruptions* (Princeton University Press, 2002), pp. 167-168。

警长提到的其实是远在4700公里之外的喀拉喀托火山爆发。罗德里格兹岛是目前人们在距离火山最远、还能听到火山爆发的地点，恐怕也是在不用扩音器、不依靠电子设备的条件下，自然声音传播最远的一例，可谓创了纪录。[1] 据估计，喷出的火山灰和碎屑有30立方公里，火山爆发指数（VEI）为6级。我们为何对这次爆发了解这么多？这是因为当时的印度尼西亚乃是荷兰殖民地，所以荷兰国王委派专人收集火山相关资料，以荷兰文和法文两种语言出版。[2] 根据这部资料集所记录的情况，3200公里之外的人都可以听到炸响，爆炸的声波将160公里乃至更远地方的窗户玻璃震碎，墙体破裂。火山灰可飘至1600公里之外。而附近地区，白日瞬间变为黑夜。随后的海啸更为致命，浪高可达30米。

比喀拉喀托火山更具破坏力的是印度尼西亚的坦博拉火山（Tambora），这座火山的爆发，甚至影响到19世纪初的全球气候。虽然当时全球通讯还非常原始，但毕竟也留下了一些目击者的描述和新闻报道。1815年4月，现在的印度尼西亚松巴哇岛（Sumbawa）上的坦博拉火山爆发。4月5日，在一系列前期小规模喷发之后，

---

1 警长的记录以及自然声传递最远的记录，参见 Simon Winchester, *Krakatoa: The Day the World Exploded* (Penguin Books, 2004), 第262页。

2 R. D. M. Verbeek, *Krakatau* (Batavia, 1886).

发生首次剧烈的大爆发。火山灰和烟尘形成柱状，喷射高度有 25 公里。喷发的巨响真可谓震天动地，远在 1300 公里之外的雅加达（当时称为 Batavia）都可以听到爆炸声，而东北方向 1400 公里之外的小岛上也能听到。[1] 当时驻扎在爪哇岛东部的英军士兵，听到爆炸的巨响，还以为当地发生了暴动。后面几天，又发生一系列令人惊骇的喷发，现在估算的火山爆发指数（VEI）为 7 级，属于超级火山爆发，破坏力大大超过喀拉喀托火山。

坦博拉火山爆发，对全球气候造成重大影响。它破坏了印度夏季飓风的规律，造成 1816 年夏天多地干旱。由于巨大体量的火山灰被喷射到平流层，二氧化硫分子与水汽结合之后，形成含硫酸的颗粒悬浮，随风被吹向世界各地，遮蔽了相当比例的日光，使得热能无法传到地面。所以，1816 年北半球的平均地表温度明显下降，在北美形成所谓“没有夏天的一年”。在美国东北部，6—8 月之间竟然出现暴雪和霜冻。[2] 在欧洲，1816 和 1817 年两个夏天格外寒冷，造成多地饥荒，甚至有人认为 1817—1823 年全球的霍乱，都直接与坦博拉火山有关。这次火山爆发所造成的灾难影响，可见《无夏

1　De Boer and Sanders, *Volcanoes in Human History*, p. 143.

2　De Boer and Sanders, *Volcanoes in Human History*, p. 149.

之年》一书的概括。[1]

锡拉火山的火山爆发指数，按照科学家的推算，还要高于坦博拉火山。所以它所能造成的灾害，自然远高于两座 19 世纪的火山，要摧毁 120 公里之外的克里特岛，是轻而易举的事。20 世纪 60 年代，希腊学者开始认真研究圣托里尼火山的喷发是否直接毁灭了克里特的米诺斯文明，同时也有人相信大西岛就是克里特岛。20 世纪 60—70 年代，是"锡拉火山理论"极为红火的年代。从事这项研究最知名的学者是加拉诺普洛斯（A. G. Galanopoulos），他长期从事锡拉火山的研究，用希腊文、德文和英文在不同阶段发表过很多论文。集中论述自己观点的，是他和英国学者培根合著的《大西岛：传说背后的真相》一书。[2] 这本书出版于 1969 年，可算 60—70 年代"大西岛热"中的代表著作，更是"锡拉火山理论"的集大成者。

该书主要从考古和地质学方面论证米诺斯文明毁于锡拉火山爆发。加拉诺普洛斯认为，柏拉图笔下的大西岛一切细节，都可以在青铜时代繁盛期的考古遗存中找

---

1 William K. Klingaman and Nicholas Klingaman, *The Year Without Summer: 1816 and the Volcano that Darkened the World and Changed History* (New York: St. Martin's Press, 2013). 中译本《无夏之年：1816，一部"冰封之年"的历史》，李矫、杨占译，化学工业出版社，2017 年。

2 A. G. Galanopoulos and Edward Bacon, *Atlantis: The Truth behind the Legend* (London: Thomas Nelson & Sons Ltd, 1969).

到对应，没有突破此时代的主要特征。[1] 但一座面积广大的岛屿，一夜之间沉入海底，在地质学上是不可能发生的。地壳变化非常缓慢，一百年不超过 1 米，一代人几乎难以觉察。所以，大块陆地如果短时间内消失，原因只能是地震或者火山。加拉诺普洛斯通过考察历史上的火山爆发记录（包括前面提过的喀拉喀托火山），认为锡拉火山足以摧毁整个克里特文明。圣托里尼岛距离克里特 120 公里，晴天时在岛上远眺，能够看到克里特的伊达山（Ida）。火山最猛烈的那次爆发，火山灰从天而降，毁灭了所有农作物。随之而来的海啸威力更是惊人，用一位学者的比喻，海啸“像利剑一样插入克里特的心脏”[2]，让克里特的海军实力瞬间归零。所以克里特岛一夜之间，从不可一世的帝国沦为一片废墟。在大陆的希腊人知悉克里特被毁之后，很有可能趁火打劫，占据米诺斯人的都城。古希腊神话中忒修斯（Theseus）的故事，或许与此有关。神话中，忒修斯借雅典人献上六名童男童女的机会，登上克里特岛，在公主帮助下杀死怪兽米诺陶（或许象征米诺斯）。[3] 如果“锡拉火山理论”可被证实，则不但大西岛，就连忒修斯的故事都可

1 Galanopoulos and Bacon, *Atlantis*, p. 30.

2 Luce, *The End of Atlantis*, p. 104.

3 Luce, *The End of Atlantis*, p. 105.

以发现历史原型。[1]

《蒂迈欧篇》中，埃及祭司说亚特兰蒂斯的沉没发生在九千年之前。鲁德贝克借助古今历法的不同，认为九千年相当于现在的九千个月，将九千年缩减到更为合理的七百五十年。加拉诺普洛斯用另一种手法解决了这个问题。他提出一个设想，梭伦在转写埃及文字时，误将表示 100 的单词或符号当作 1000。他举了一个英文的例子。在美国，billion 一词表示 10 亿，但在英国却表示 1 万亿。[2] 这样，九千年就被轻巧地缩减到九百年，大西岛消失太过古远一事也得以合理解释。

《出埃及记》与锡拉火山

柏拉图提到的大西岛，是个穷兵黩武的军事帝国。它先被雅典人击败，然后被神秘力量摧毁，沉入海底。15 世纪之后，欧洲人在世界范围内寻找这个失落的古代文明，像猜谜语一样给出各种离奇的答案，甚至将

---

1 "锡拉火山理论"十分流行，以至于有些古典学家也愿意相信。剑桥大学希腊文钦定讲座教授佩奇（Dennis Page）曾著书讨论《奥德赛》中的民间故事，可见他对于传说、民间文学这些经典之外的文学形式非常关注。他在 60 年代末，可能受时代风气的影响，对于当时炙手可热的"锡拉火山理论"也异常关注，并加以讨论。这可算主流古典学家对于地质神话学投入热情的例子。D. L. Page, *Santorini Volcano and the Destruction of Minoan Crete* (London: Society for the Promotion of Hellenic Studies, 1970).

2 Galanopoulos and Bacon, *Atlantis*, p. 133.

它想象为人类文明的源头。20 世纪的考古学家和科学家发现，其实，离希腊更近的克里特岛可能就是大西岛，因为克里特也曾是军事帝国，但因锡拉火山的爆发而被彻底毁灭。按照这种解释，古代神话其实有具体的对应物，毁灭大西岛的神秘力量乃是一场自然灾害。这个 1960—1970 年代流行的“锡拉火山理论”，虽然最初针对大西岛和克里特文明，但慢慢拐进一个意想不到的方向。有些学者开始推测，圣托里尼岛的锡拉火山或许还直接造成了《圣经 · 出埃及记》中所记录的灾变和神迹。从锡拉火山的角度解释《出埃及记》，是“大西岛热”的副产品，是“锡拉火山理论”向“圣经学”的延伸。现在，我们就从柏拉图拐到《出埃及记》。

《出埃及记》是《旧约》第二卷书，讲述以色列人在埃及寄居，受到法老的迫害，被迫服苦役。上帝选中摩西，命他率领族人逃离埃及。但是法老不放行，于是上帝连续降下十个灾难，相当于对法老和埃及人实施了十次打击，终于逼迫法老就范，同意以色列人离境。但法老后来反悔，派兵追杀。到了最危急的关头，上帝行了一个《旧约》中最著名的神迹：分开海水，让海底变成陆地。以色列人就从海底的干地走过。随后，埃及的追兵赶到，也想从干地穿行，但上帝让海水复位，结果追兵被淹死在波涛汹涌的海中。

传说中的“十灾”(Ten Plagues)，在“锡拉火山理论”形成之前，已有人从自然科学角度加以解读。早先的研究，比较重要的是捷克斯洛伐克学者格莱塔·霍特（Greta Hort）在 1957 年发表的《埃及的灾祸》一文，系统采用气象学、环境学和地质学理论，集中分析《出埃及记》中这些灾异。[1] 霍特认为，十灾并不是神异的事件，可能与尼罗河的生态系统紊乱有关。比如第一灾描述河水变红，血流到埃及全地，河中鱼大批死亡，河水臭不可闻，无法饮用，埃及人于是在尼罗河四周掘井取水。霍特认为，圆满的解释必须涵盖圣经所提及的所有要素。就第一灾而言，需要找到一个自然现象，能同时解释河水变红、鱼死以及埃及人掘井这三个要素。她引用了德国学者在《水文植物学》一书中的说法，认为河水变红可以用科学来解释，那就是河中出现大量血红色的鞭毛藻（flagellates），具体来说是血红鞭藻（Euglena sanguinea）和雨生红球藻（Haematococcus pluvialis）。这些鞭毛藻是由青尼罗河从埃塞俄比亚的高山湖泊带来。它们白天在生存的水域中释放大量氧气，而到了夜间则从水中吸取更多的氧气。河水中的氧气忽多忽少，比例时高时低，由此造成鱼类大批死亡。所以，这些鞭毛虫是解释第一灾的关键：“尼罗河异常涨

1　这篇文章分两部分刊登在《旧约研究杂志》上：Greta Hort, “The Plagues of Egypt”, *Zeitschrift für die Alttestamentliche Wissenschaft* 69 (1957), pp. 84-103; 70 (1958), pp. 48-59。引用时，简称为 Part I 和 Part II，以示区别。

水，携带大量鞭毛虫，这才导致河中鱼类死亡、河水由于细菌而变得腥臭，结果还使得河水无法饮用”。[1]

又比如《出埃及记》中的第九灾，埃及全地笼罩在一片黑暗中，三日三夜，对面不见人，而以色列人住处却有灯火。此前有人或解释为日食，或解释为非洲热风（khamsin）所致。霍特认为，尼罗河在每年9月泛滥之后，留下厚厚一层红壤堆积物。前面已出现的灾难，毁掉了庄稼，留下一片光秃秃的土地，受阳光的灼烤，因此地表积有红壤的颗粒。南方吹来非洲热风时，带来沙漠中的沙子与尘土，又吹起地表上的红壤颗粒，结果扬起的尘土遮天蔽日，比普通沙尘暴更为严重。太阳会被厚厚的沙尘完全遮蔽，造成《出埃及记》所记载的埃及全境陷入黑暗的情况。[2] 以上两个灾异，是霍特讨论比较细致的案例。她的结论是，每一灾难其实都准确描述了一种自然现象。此种研究方法的预设，便是认为《圣经》叙述中包含准确、真实的历史信息，《圣经》依据的是一系列真实发生过的自然事件。霍特在文章中多次使用“历史内核”（historical core）、“历史核心”（historical nucleus）等表述，[3] 就是要强调再神异的事件，也有事实基础。

1 Hort, “The Plagues of Egypt”, Part I, p. 94.

2 Hort, “The Plagues of Egypt”, Part II, p. 52.

3 Hort, “The Plague of Egypt”, Part I, pp. 84, 85.

揭秘大西岛的“锡拉火山理论”渗透到圣经学领域，开始有人将这座火山的爆发定为《出埃及记》中所有神迹的直接原因。在上述讨论大西岛与米诺斯文明的学者中，提到圣托里尼火山者，也会提到《出埃及记》。但最先将《出埃及记》与锡拉火山挂钩者到底是谁，已很难考出。现在看来，20 世纪 60 年代早期，至少有三位学者曾明确提到这个理论：本尼特[1]、加拉诺普洛斯[2]、和宁科维奇[3]。对比这三人如何评价其他学者的贡献，我认为有可能是本尼特最先提出，因为他明确说，自己将加拉诺普洛斯的观点又推进了一步。而且宁科维奇在 1965 年的论文中，已将头功记在本尼特的名下。[4] 而我在脚注中列出的 60 年代早期加拉诺普洛斯的几篇文章，

---

1 J. C. Bennett, “Geo-Physics and Human History: New Light on Plato’s Atlantis and the Exodus”, *Systematics* 1 (1963), 1:127-156. 这篇论文我目前找不到纸版和电子版，所以只能引用一个网络版（http://www.systematics.org/journal/vol1-2/geophysics/systematics-vol1-no2-127-156.htm）。由于网络版没有原文的页码，所以引用时只能提到引文在全文第几节（一共 13 节）。

2 Angelos Galanopoulos, “Die ägyptischen Plagen und der Auszug Israels aus geologische Sicht”, *Das Altertum* 10 (1964), pp. 131-137; “On the Origin of the Deluge of Deukalion and the Myth of Atlantis”, *Athenais Archaiologike Hetaireia*, vol. 3 (1960), pp. 226-231; “Tsunamis Observed on the Coasts of Greece from Antiquity to Present Time”, *Annali di Geofisica*, vol. 13 (1960), pp. 369-386.

3 D. Ninkovich and B. C. Heezen, “Santorini Tephra”, in W. F. Whittard and R. Bradshaw (eds.), *Submarine Geology and Geophysics* (Butterworth, 1965), pp. 413-452. 这是哥伦比亚大学两位地质学家合写的论文，发表在一本海洋地质学和地球物理学的论文集中。他们从爱琴海和爱奥尼亚海采集的深海岩心中，发现火山灰，以此来证实“锡拉火山理论”。

4 Ninkovich and Heezen, “Santorini Tephra”, p. 447.

只有1964年的论文开始将《出埃及记》中的“十灾”与锡拉火山相联系，而且其中还引用了本尼特1962年的讲稿。

本尼特认为，大西岛的消失、克里特岛米诺斯文明的覆灭、古代以色列人逃出埃及，这三件事无不与圣托里尼岛的火山爆发直接相关。他在第1节中，强调加拉诺普洛斯的贡献，也提到自己将这项研究推进了一步。他同样认为，地震不足以毁灭整个文明，所以需要寻找更具摧毁力的自然灾害。文章第11节开始，进入《出埃及记》的讨论。本尼特发现，《圣经》中的各种描写——黑暗、强风、冰雹、河水暴涨和迅速干涸、青蛙等等——都非常类似喀尔喀托火山爆发的场景。他按照《列王记上》的算法，将出埃及的时间定在公元前1446—1447年，认为这便是火山爆发、米诺斯文明灭亡、大西岛消失、以色列人出埃及的那一年。

《出埃及记》中最大的神迹，就是上帝分开海水。相信圣托里尼火山影响《出埃及记》的学者，当然也会用火山来解释这一事件。让我们回到加拉诺普洛斯1969年那本经典著作——《亚特兰蒂斯：传说背后的真相》。作者在附录中，专门讨论了这一神迹的合理解释。他采纳当时很流行的说法。认为摩西渡过的并非红海，而是一条湖或者潟湖（lagoon），也就是被沙嘴、沙坝或者珊瑚分割开来、与外海相分离的局部海水水域。在这样的水域中，泥沙的堆积与海岸相平行，形成高出海面的离岸坝。坝体将海水分割，内侧就形成半封闭或者封闭的潟湖。根据加拉诺普洛斯的推测，出埃及一事与锡拉火山大爆发同时发生。当锡拉火山长时间喷发之后，火山口向内塌陷，大量海水倒灌进来，造成海水从地中海东部海岸急速退却。当海水退却时，潟湖中的水一下子被抽走，从而形成与外海彻底分割的一片干地。以色列人抓住这个千载难逢的机会，立即穿越这条潟湖，更准确说，穿过湖底这片新形成的干地。[1] 所谓上帝分开海水、将海底暂时变为干地，实则就是潟湖的水暂时排空而在湖底形成的干地。

研究火山和海啸的科学家都知道，一般情况下，海水急速退去之后，过 15—30 分钟，海啸就会袭来。在这方面，现代科学家保存了大量数据。比如智利 1960 年的大地震，海水突然消退，岸上顿时拉响警报，提醒民众迅速远离海滩。果然，不到半小时，海水就猛烈回灌，巨浪甚至高达 7 米。加拉诺普洛斯认为，摩西为躲避敌人追击，特意选择了一条不为人知、比较险僻的路线。当海啸到来之前，海水退却，抽干潟湖中的水，湖底变成干地，正好以色列人从新形成的陆地上穿过潟湖。而当埃及追兵赶到时，他们自然也走湖底的干地，

---

1 Galanopoulos and Bacon, *Atlantis*, pp. 193-194.

而此时海啸恰恰发生，惊涛骇浪瞬间将干涸的湖泊注满，也将埃及追兵尽数淹死。这就是加拉诺普洛斯根据“锡拉火山理论”所构想的解释方案。简言之，让“海水变干”的自然原因是锡拉火山爆发，淹死埃及军队的巨浪则是火山爆发后形成的海啸。

明眼人会发现，此种解释严重依赖巧合。本尼特曾说：“在人看来，自然灾害和重大历史事件之间的巧合，简直让人惊异。正因其完全没有可能发生，所以这样的巧合应该被称为奇迹。奇迹在于时机（The miracle is in the timing）。”[1] 加拉诺普洛斯在全书最后也引用了本尼特这句话：

> 对于相信十灾和渡海完全是神迹的那些人来说，正如本尼特所言，奇迹在于时机，在于事件同步发生。摩西受神的指引，利用了自然现象的发生机制。这些事件的显现遵守自然规律，而自然规律乃是上帝所造。[2]

这段话的意思是：这样的机缘巧合，正是上帝的施为。持此说的学者认为，神迹不是违背自然律或者超

1 Bennett, “Geo-Physics and Human History”, section 13.

2 Galanopoulos and Bacon, *Atlantis*, p. 199.

越自然律，神迹只是在尊重自然律的基础上所做的巧妙安排。此说的优点在于，《旧约》中最著名的神迹、上帝拯救其选民最强有力的干预，完全可以由自然原因解释，不必诉诸任何超自然因素。而其缺点，也是一目了然。怎么会出现如此的巧合？以色列人刚刚穿过干涸的湖底，千钧一发之际，由圣托里尼火山爆发引发的海啸从 800 公里之外千里奔袭，正好在埃及军队下到湖底的时间段，滔天的大水瞬间冲来。时机拿捏得如此恰到好处，这等于送走旧神迹，又迎来新神迹。

火山学解释和年代学的矛盾

以火山学为基础对《出埃及记》进行科学解读，并不是《圣经》学研究的主流。但是即使进入 21 世纪，仍有学者在这个方向继续推进，并不以此说为牵强。2009 年，普林斯顿大学出版社出版了《分开海水：火山、地震和瘟疫如何塑造了出埃及故事》一书。[1] 作者芭芭拉·希佛特森（Barbara Sivertsen）长期担任《地质学杂志》（*Journal of Geology*）的执行主编。[2] 这本书

1 Barbara J. Sivertsen, *The Parting of the Sea: How Volcanoes, Earthquakes, and Plagues Shaped the Story of Exodus* (Princeton, New Jersey: Princeton University Press, 2009).

2 她所担任的 managing editor 一职，大约相当于期刊的副主编。

是近年来将地质学运用于圣经研究的代表作。作者的主要结论是：《出埃及记》目前的文本构成，是将历史上三次单独的火山爆发融合在一篇叙述中。这三次火山爆发，作为故事口耳相传，经历了口传文学在流传过程中势必经历的各种改编和变形。而锡拉火山就是十灾的直接来源。比如尼罗河水变红，是因为带有氧化铁的尘埃被风吹到海上，为藻类植物所食，释放出大量被溶解的有机氮。而这些氮又刺激鞭毛虫大量生长，产生红色的洋流。《出埃及记》描述的叮咬人的蚊虫，应该是火山灰带来的粉尘。这些含酸的粉尘，刺激人畜的皮肤，产生刺痛感，就如同蚊虫的叮咬。[1]

《出埃及记》所记摩西本人的经历，希佛特森也认为与火山有关。这时，远在爱琴海的圣托里尼火山就显得鞭长莫及了，必须依赖西奈半岛和阿拉伯半岛的火山。这就是希佛特森理论的讨巧之处：三次火山爆发共同构成《出埃及记》的核心故事，其中爱琴海两次火山爆发，可以解释各种灾变；而西奈半岛的火山，则用来解释摩西有关的事迹。为了年代上大体吻合，就需要求助于历史上第二猛烈的火山爆发，这样将出埃及的最早时间可远推至公元前 16 世纪，就可以和最早也是最保守、对《圣经》记述最为有利的定年达成一致。圣托里

---

1 Sivertsen, *The Parting of the Sea*, pp. 38-39.

尼火山威力之猛，千里之外都能感觉到震动，足以造成生态学的灾难。但是摩西本人经历中的神异之事，若求地质学的解说，就必须环顾四周的火山了。

《出埃及记》第三章，神的使者从燃烧的荆棘中向摩西显现。按照作者的解释，阿拉伯火山所喷出的玄武岩岩浆，不如希腊火山有强烈的爆炸性，而是经常在地表流淌，将所流经之地变成一片焦土。而且岩浆经常形成圆锥体形状，从火山口喷出，造成视觉上烟柱和火柱的效果。有时岩浆抛向半空，火花四处飞溅，如同喷泉一般。这样的液态岩浆冲射到高空，可达几百米。所以摩西在山上蒙上帝的召唤，在燃烧的丛林中看到神的使者，这段著名的描写，可能正由于融化的岩浆熊熊燃烧，从远处看，掩映在灌木之中，仿佛丛林在燃烧一般。[1]

在法老追兵未到、上帝尚未让海水变成干地之前，以色列人跟随上帝在旷野中行走。圣经中有这样的记述：

> 日间，耶和华在云柱中领他们的路；夜间，在火柱中光照他们，使他们日夜都可以行走。日间云柱、夜间火柱，总不离开百姓的面前。（13:21-22）

这里的云柱、火柱，是上帝为以色列人指明方向的

---

1 Sivertsen, *The Parting of the Sea*, p. 54.

信号灯，是上帝保护以色列人的证明。但是如果转换成地质学概念，则可以是火山所造成的奇观。作者认为，这就是火山喷发出的灰烬所形成的锥形。也有可能是向上喷发的岩浆，射穿充满油脂的沉积物，形成浓密的烟雾和耀眼的火光。[1]

再到后来，以色列人成功脱逃，来到西奈山脚下，准备接受十诫，《出埃及记》中另有一段与地质学非常贴合的描写：

> 到了第三天早晨，在山上有雷轰、闪电和密云，并且角声甚大，营中的百姓尽都发颤。摩西率领百姓出营迎接神，都站在山下。西奈全山冒烟，因为耶和华在火中降于山上，山的烟气上腾，如烧窑一般，遍山大大地震动。角声渐渐地高而又高，摩西就说话，神有声音答应他。（19:16-19）

按照常规的解读，这是典型的神灵显现（theophany）。雷声、电闪、号角、浓烟、火焰，这些都是上帝降临的征兆。若按照地质学的解释，伴随火山爆发，经常有局部地震。火山喷发的巨大声响经常比作雷鸣，而蒸汽和天然气冲破狭小的出口，发出尖利的呼啸声，正类

1 Sivertsen, *The Parting of the Sea*, p. 60.

似号角的声音。[1]

这样的地质学解读，在19世纪和20世纪上半叶的圣经学研究中，也曾经出现过。[2] 我只举美国圣经考古学家奥尔布赖特的例子，因为他所著《从石器时代到基督教》一书影响巨大。奥尔布赖特提到，上帝显现这一段描写，很多学者认为，是因为西奈山是一座火山。但是，在西奈地区和米甸，既没有活火山也没有死火山。但在旁边的阿拉伯半岛，却有不少火山。所以，奥尔布赖特对火山说保持相对开放的态度：

> 因此，《出埃及记》第19章上帝显现的庄严景象，归根结底，乃是受到有关火山爆发的民间记忆（保存在神话或比喻中）的影响，再加上阿拉伯西北部或叙利亚山区可怕的雷暴更近的回忆，是很有可能的。换句话说，上帝显现这一壮丽景象，某些特征可能归结于人类必定见到的两个壮阔的景象：亚热带的雷暴和火山爆发。[3]

---

1 Sivertsen, *The Parting of the Sea*, p. 61.

2 Jacob E. Dunn, “A God of Volcanoes: Did Yahwism Take Root in Volcanic Ashes?”, *Journal for the Study of the Old Testament*, 38.4 (2014), pp. 387-424. 这篇论文对19世纪和20世纪以火山理论解释《出埃及记》的重要学者，有详细的考察。

3 William Foxwell Albright, *From the Stone Age to Christianity*, 2nd edition (Garden City, New York: Doubleday, 1957), pp. 262-263.

“锡拉理论”延伸到圣经学领域，所形成的观点与传统的火山理论最显著的不同，就是认定古代的锡拉火山导致了《出埃及记》中记录的主要神迹故事。因此，柏拉图笔下的大西岛，乃是毁于锡拉火山爆发，而摩西率领以色列人从干涸的河床走过，也是锡拉火山所致。这样的观点之所以能提出，需要一种年代学方面的共识：锡拉火山的喷发，必须要发生在公元前 15 世纪。

马里纳托斯在 1939 年提出克里特的米诺斯文明毁于锡拉火山时，他就认为火山爆发乃在公元前 1500 年左右。[1] 这样的好处是，既与米诺斯文明的时间相符，也与《圣经》出埃及一事的传统定年对应。《出埃及记》所叙述事件的历史年代，现在大多数学者倾向于公元前 1250 年左右，但传统说法是公元前 15 世纪，也就是公元前 1450 年左右。按照这种算法，刚好能进入锡拉火山所笼罩的时间范围。

但这种年代学的结论，根据最新的科学研究，已经站不住脚了。地质学和火山学领域的科学家，目前倾向于将圣托里尼火山爆发的确切年代，定在公元前 17 世纪，而不是之前普遍认为的公元前 1460 年左右。2006 年 4 月 28 日一期的《科学》杂志，同时刊登两篇论文。一篇是曼宁等人讨论爱琴海地区青铜时代晚期的年代问

---

1 Marinatos, “The Volcanic Destruction of Minoan Crete”, p. 431.

题，另一篇是弗里德里克等人根据新发现的被火山活埋的橄榄树所做的定年。[1] 两位学者当中，前者认为锡拉火山喷发的年代在公元前 1683—1611 之间，这个年代的准确性概率为 95% 以上。而后者得出的结论是，锡拉火山爆发在公元前 1627—1600 年之间。如果我们接受科学家目前更为精确的测定，则锡拉岛的火山喷发，应该发生在公元前 17 世纪末期，而不是像 1960 年代普遍认为的在公元前 15 世纪。如此一来，火山爆发的时间，就被推前了两百年。而出埃及的年代，无论按照现代算法（公元前 1250 年前后）还是传统算法（公元前 1450 年前后），都不可能与火山有任何时间上的交集了。

地质神话学

“锡拉火山理论”，先用来解释大西岛的神话，从中岔出一条旁线，用来解释《出埃及记》的故事。一个根植于自然科学的解读，居然能将柏拉图和摩西联系在一起，让人非常意外。这个理论，从硬科学方面来看，是

1 Stuart W. Manning, Christopher Bronk Ramsey, Walter Kutschera, Thomas Higham, Bernd Kromer, Peter Steier and Eva M. Wild, “Chronology for the Aegean Late Bronze Age 1700-1400 B.C.”, *Science*, April 28, 2006, vol. 312, no. 5773 (2006), pp. 565-569; Walter L. Friedrich, Bernd Kroner, Michael Friedrich, Jan Heinemeier, Tom Pfeiffer and Sahra Talamo, “Santorini Eruption Radiocarbon Dated to 1627-1600 B.C.”, *Science*, April 28, 2006, vol. 312, no. 5773 (2006), p. 548.

站不住脚的。但是，以自然科学、地质现象来解释古代神话，可算一个很别致的思路。有学者甚至发明了“地质神话学”这个概念，来给这个思路或者这个学科分支命名。

“地质神话学”（Geomythology），顾名思义，就是从神话传说中发现古代的地质现象，主要是火山、地震、海啸这样的地质灾难。其实神话与科学之间的关系本来就紧密，科学术语就有不少取材于神话者，比如“火山”一词（volcano）就来自罗马火神（Vulcan）。地质神话学的前提，是认为神话并非无稽之谈，不是古代人发挥想象力的结果。神话乃是对自然现象的解释，只是这样的解释难免有变形和夸诞的成分。说到底，就是认为神话乃是古人比较初级的理性思维，是前科学时代对自然现象的“科学”解释。所以在神话背后，往往保存着对古代地质现象和灾难的记录。从这种意义看，神话就像化石，里面刻录着远古的地质事件。2004 年，国际地质学大会在佛罗伦萨召开，特设一个论坛，就叫“神话与地质学”。发表主旨演讲者是美国学者多萝西·维塔利亚诺（Dorothy Vitaliano）。她在 1973 年出版的著作《人间传说》（*Legends of the Earth*）中，发明了 geomythology 一词。她在这本书中，用了相当的篇幅讨论了大西岛和锡拉火山。所以维塔利亚诺也就成为这门学科的创始人，而大西岛和锡拉火山乃是她的主要灵感来源。[1]

以科学方式解释传统神话，在古代就有先例。公元 1 世纪的学者赫拉克利特（Heraclitus），在其《荷马诸问题》一书中，解释《伊利亚特》第一卷中日神阿波罗所引发的瘟疫，就从日神所代表的太阳入手。他指出（8.3–4），灼热的夏季，太阳照射大地，会产生有毒的蒸汽，由此引发瘟疫的流行。所以，当荷马描写日神造成流行病时，他正是用文学手法描写了自然现象。[2] 赫拉克利特稍后总结道（16.5）："不是阿波罗无端动怒，而是与科学思考相关的一个哲学观念。"[3]

地质神话学的研究，运用到《圣经》，格外引人注目。[4] 最后，我想简单评论一下此种研究的得失。以地质学、火山和地震来解释圣经中的灾变和神迹，归结起来，有以下三个特点。首先，以科学解释圣经，延续了"去神话化"（de-mythologize）的进程。将宗教经典中的神迹赋予理性主义、自然主义的解释，是启蒙运动

1 这次地质学大会的会议论文集《神话和地质学》，于 2007 年出版。L. Piccardi and W. B. Masse (eds.), *Myth and Geology* (Geological Society of London, 2007).

2 *Heraclitus: Homeric Problems*, edited and translated by Donald A. Russell and David Konstan (Atlanta: Society of Biblical Literature, 2005), p. 17.

3 *Heraclitus: Homeric Problems*, p. 31.

4 对"锡拉火山理论"最新的评论，可参考 Mark Harris, "The Thera Theories: Science and the Modern Reception History of the Exodus", in T. E. Levy et al. (eds.), *Israel's Exodus in Transdisciplinary Perspective* (Springer International Publishing, 2015), pp. 91-99。

以来的传统。于是，超自然的神异事件被化解为地质灾难，上帝之手不过是为火山灰、海啸和鞭毛虫的协同作用。这样一来，所有无法用经验理解的事物都能在科学中找到自洽的解释，而古代经文实乃对自然现象夸张、浓缩和变形的记录。

但从另一方面看，《圣经》中所记录的匪夷所思的事件，如今被赋予极度世俗化、科学化的解释，又反而证明《圣经》所记乃是真实无妄的事实。在破除《圣经》的神圣性、超验性的同时，地质神话学家又意外地证实《圣经》记述的历史性和准确性。按照这样的思路，一切神迹不是作为神迹发生，而是作为符合科学规律的地质学事件而发生的。这样根植于硬科学的《圣经》研究，似乎一方面破坏了《圣经》在宗教上的神圣性，一方面又在维护《圣经》事件在科学上的可信性。这种破坏与维护并重的倾向，倒是颇堪玩味。

最后要说明，从事这一路研究的学者，自然大多是科学家。术业有专攻，所以他们对于圣经学不可能有专业的研究。对于传统圣经学长期纠结的问题，他们或者无暇深究，或者直接忽略。这就造成一个问题：科学家都倾向于将《圣经》记述看作实录。虽然他们会强调《圣经》故事在后代编辑和流传中不可避免要遭遇夸大、扭曲、变形，但是一旦讨论具体段落，就都自动将《圣经》文字看作对自然现象的直接描写、对人类经验的忠实记录。他们很少考虑《圣经》叙事曾经历过复杂、漫长的编纂过程，也很少考虑文本自身的修辞和文学特征，只把《圣经》当作说一不二、不打诳语的记事簿。所以,《出埃及记》里说了什么，就是什么。

但是，对于自然现象和灾难的描写，究竟是直接记录了实际发生过的事实，还是《圣经》作者和编者依据特定的文学程式而撰写的高度修辞的文本?科学化的《圣经》研究，正是建立在一个前提之上:《圣经》不是创作，而是记录;《圣经》对事件的描述是直白、可信的；研究者的任务在于凭借科学家的理科专长，揭示出背后的科学现象。而植根于文本研究的圣经学家，虽无力提出有科学含量的解释，却对于《圣经》文本的演变过程和构成要素有更加复杂的看法，不轻易将纸上的文字直接认作是对现实的呈现。科学家会认为《圣经》记录犹如直播，其中必定保存着真实的经验；而圣经学学者则将《圣经》当作一块织毯，从上面的图案中可依稀辨认出一些风景和人物，但更关键的是织成这块毯子的各种线团。这就造成科学家对于《圣经》文本抱有就事论事，甚至有些天真幼稚的态度，也可以解释为何圣经学家对科学派总是敬而远之。

专业的圣经学者对于“锡拉火山理论”，是不太当真的。在《出埃及记》的学术注释本中，有时会提到这样的解读，但往往三言两句就被打发掉了。比如美国学者迈耶斯在2005年出版的《出埃及记》注释中，讲到第19章描写雷电交加、浓烟滚滚、大地震动那三节时，就指出：

> 这样的用词促使有些人要在西奈半岛上确定一处火山的位置，将《出埃及记》第19章的意象归于青铜时代晚期一场火山爆发。但是，西奈半岛没有活火山。……更重要的是，巨大的声响和震动，以及闪电、乌云和浓烟这些极端的视觉描写，乃是古代闪语诗歌中描写神灵显现的程式化语言，尤其在乌加里特文献中描写神灵降临时，常以暴风雨或者自然界的扰动为神灵降临的信号。[1]

按照迈耶斯的理解，我们读到的是按照文学传统和文学程式而创作出的神灵降临的描写，不能不假思索地便取其字面含义。即使这种文学传统在最初建立时可能受到火山景观的影响，但《出埃及记》这一段并不直接对应于某座具体火山的某一次具体爆发。[2]

对于大西岛来说，也是如此。绝大多数古典学家认为这是柏拉图创作的、带有政治寓意的神话故事，他们

1 Carol Meyers, *Exodus* (Cambridge: Cambridge University Press, 2005), p. 155.

2 U. Cassuto, *A Commentary on the Book of Exodus*, translated by Israel Abrahams (Jerusalem: The Hebrew University Magnes Press, 1967), p. 232.

不会去火山灰下寻找那个并不存在的史前帝国。但“锡拉火山理论”曾经如此走红，不仅满足了人们对于神话、考古、地质学、史前文明多重的想象，还催生出“地质神话学”这样的研究思路以及《大西洋底来的人》这样的电视剧。也只有亚特兰蒂斯这样充满梦幻特征的伟大神话，才能让人类在两千多年来将无数的才智倾注于其上。

（本文最初是 2020 年 6 月为北京大学人文与社会科学研究院所作的视频讲座讲稿。后来分成两部分发表在 2020 年 10 月 23 日和 2021 年 1 月 7 日的《文汇报 · 文汇学人》。此次结集，增加了将近 8000 字，也补齐了脚注。）

亚述雕像与帝国的倾覆

1883年，英国亚述学家塞斯（A. H. Sayce，1845—1933）出版了一本小书，题为《古物新知》，解释了当时的考古发现为《圣经》研究所提供的新知识。[1] 地下出土的文物，尤其是体积庞大、具有高度象征意义的雕塑或纪念碑，作为历史研究中的物证，可以极大促进对于古代文明的研究。除此之外，古代遗物在知识界和民众中所激发的反响、思考和文学呈现，也是研究一个时代文化史和社会史的重要材料，同样构成古物所带来"新知"的一部分。本文将讨论英国19世纪中叶对于亚述文物的挖掘，给维多利亚时代前期的宗教和文学所带来的影响。

以发现亚述遗迹而闻名于世的是英国人奥斯丁·亨利·雷亚德（Austen Henry Layard，1817—1894）。雷亚德从小对《天方夜谭》十分痴迷，读之再三，从而对东方世界充满想象和渴望，埋下了日后从事考古挖掘的种子。他本来在伦敦担任律师助理，衣食无忧。但在精神上，他

---

1 A. H. Sayce, *Fresh Light from the Ancient Monuments* (London: Religious Tract Society, 1890).

是大时代中的边缘人，心中总在盘算如何逃离工业化的英国，奔向想象中浪漫而奇幻的东方。1839 年，雷亚德离开伦敦，原本计划投奔在锡兰的叔父，然后就可以悠闲自在地在海外殖民地度过一生。但他后来止步于西亚，在奥斯曼土耳其帝国和波斯帝国境内四处游历，一边寻访各地古代遗址，一边完成皇家地理学会给他布置的勘察任务，标记当地的山川、河道以及城镇。在此期间，他已注意到现在伊拉克北部的摩苏尔（Mosul）附近，有很多隆起的土丘，下面极有可能是古代宫殿的遗址。

出土的巨像

1845 年 11 月，雷亚德来到摩苏尔附近的宁录德（Nimrud），招募了一些当地阿拉伯人，开始着手挖掘。结果，他很快就挖掘出公元前 9 世纪修建的亚述宫殿。1846 年 2 月，工人在挖掘现场挖出一座高达 2.5 米的巨大头像。头像所表现的人物蓄着浓密的长须，佩戴着亚述时期特有的头饰，面容平静而威严。当地人大惊失色，或认为这是挪亚洪水之前的怪兽，或认为是史前巨人。[1] 雷亚德立刻赶到现场，判断这是一座巨型雕塑的头部。后来便出土了一组震惊世界的雕像，原本是

1 Austen Henry Layard, *Nineveh and Its Remains* (London: John Murray, 1849), vol. 1, p. 67.

放置在亚述王宫门前、人首牛身以及人首狮身的带翼守护神。附近村民争相围观，摩苏尔全城议论纷纷。一些当地村民误以为这个欧洲人在荒郊野岭里掘地三尺，肯定是在挖掘埋藏在地下的财宝，所以对于雷亚德多有阻挠。加上出土的巨像实在匪夷所思，超乎常人的理解，所以雷亚德有一度不得不暂停挖掘。

1847 年 3 月，雷亚德开始计划将部分文物运回英国，以向国人证明他的考古功绩。他决定将两座保存最为完好的巨像，整体搬运。他先派人去山里砍伐桑树，制成推车，将巨像置于推车之上。又铺设带有滑动装置的轨道，然后动用当地数百人，合力将推车拖动，将两座牛身和狮身的巨像拖曳到底格里斯河岸边。他又命人建造两艘巨型筏子，顺流而下，将巨像运抵港口城市巴士拉，在那里等待装船。结果，几年之后，两座巨像才运到伦敦，入藏大英博物馆。

雷亚德通晓当地语言，在西亚经营多年，熟悉当地风土人情，再加上为人机警、干练，能文能武，所以才能从容游走在总督、阿拉伯各部落酋长、库尔德人、贝都因人之间。他不仅起两千七百年前的古物于地下，而且还能将几吨重的雕像顺利运回英国。在当时，大英帝国的国力和政治影响以及殖民扩张政策，为雷亚德自由穿行于西亚各地提供了制度保障。1849 年初，雷亚德出版《尼尼微及其遗迹》一书（*Nineveh and Its Remains*），瞬间大卖，成为超级畅销书。这部上下两卷、将近一千页的书，仅第一年就售出 8000 册，成为考古学历史上第一本畅销书。这部书融合考古、游记、探险和学术研究于一身，创造了一种新的体裁。与此同时，恰逢他运回英国的首批文物在大英博物馆展出，就连维多利亚女王都请阿尔伯特亲王前往观看，这些因素无疑也刺激了图书的销量。

雷亚德发现的亚述文物以及《尼尼微及其遗迹》一书，对于 19 世纪中期英国的艺术、宗教、历史学和文学等各方面都产生了深远影响。以艺术为例，从宁录德出土的巨型雕像，体积巨大，装饰奇特，神态神秘而威严，给长期奉古希腊艺术为正宗的人士以强烈的视觉刺激。雷亚德本人由于童年时曾终日流连于佛罗伦萨各大博物馆，有很高的艺术鉴赏趣味，他对于亚述雕像有极高的评价。在 1846 年 4 月给母亲的信中，他这样评论刚刚出土的人首狮身神像：

> 刚刚发现的这些狮子，其艺术表现令人由衷佩服。肌肉、骨骼和血管描绘得栩栩如生，充满生机。就像法国人爱说的，这些狮子可谓“气韵生动”（a great *mouvement*），姿态完美。[1]

---

1 Austen Henry Layard, *Autobiography and Letters* (London: John Murray, 1903), vol. 1, p. 167.

但是，大多数初次目睹这些东方神秘怪兽的人，还是会有审美的不适感。一位著名历史学家在书评中，参照法国卢浮宫中的类似雕像，一方面称赞其“奇特的体积与威严、构思之大胆”，一方面又不满意“雕塑手法的野蛮粗俗”。[1]

这一批文物首先在宗教方面产生了强烈的反响。其实，雷亚德自己的宗教观念比较淡薄。根据他的自传，他从小就受到“激进和民主思想”的熏习。[2] 他年轻时深受亨利·克莱伯·罗宾逊（Henry Crabb Robinson）的影响。罗宾逊熟悉德国文学和学术，与布莱克和华兹华斯等诗人时常往还，宗教立场属于“一位论派”（Unitarianism），政治观点激进。雷亚德承认他与罗宾逊的交往和谈话“迅速颠覆了我从小接受的宗教看法”。[3] 如果我们相信他的自述，可以说雷亚德本人对于基督教抱有谨慎的怀疑态度，并不是狂热的信徒。[4] 从他与友人的通信中，更可以证实这一点。无论在雷亚德挖出亚述文物还是出版《尼尼微及其遗迹》的过程中，

---

1 Henry Hart Milman, “Nineveh and Its Remains [by Layard]”, *The Quarterly Review*, v. 84 (1849), p. 106.

2 Layard, *Autobiography and Letters*, vol. 1, p. 25.

3 Layard, *Autobiography and Letters*, vol. 1, p. 56.

4 Timothy Larsen, “Nineveh”, in David Gange and Michael Ledger Lomas (eds.), *Cities of God: The Bible and Archaeology in Nineteenth-Century Britain* (Cambridge: Cambridge University Press, 2012), pp. 126-128.

都不断有人劝他利用公众对《圣经》的热情，推销自己，也推销自己的著作。他在君士坦丁堡使馆的同事就说得非常露骨：

> 大家对你那些石头，兴趣很大……如果你能给这些发现附上一层《圣经》意义，你就能彻底骗倒所有那些傻子和做白日梦的人。[1]

还是这位朋友，在出版方面给了雷亚德同样的忠告：

> 写一部大部头，多配些图版，搜一搜老的传说和轶事，如果你有办法骗人们相信你证实了《圣经》中什么故事，那你可就发财了。[2]

看写信人调侃的语气，可以推知雷亚德发掘的初衷绝不是要想方设法去证实《圣经》叙述。

但是，也许雷亚德听从了朋友的劝告，也许他自己保留了对《圣经》的部分兴趣，至少在《尼尼微及其遗迹》的扉页，他引用了《旧约·以西结书》（Ezekiel）

1 Arnold C. Brackman, *The Luck of Nineveh: Archaeology's Great Adventure* (New York: McGraw-Hill, 1978), pp. 138-139.

2 Gordon Waterfield, *Layard of Nineveh* (London: John Murray, 1963), p. 171.

的一句话。《以西结书》是《旧约》中篇幅很长的一卷先知书。大卫在公元前 10 世纪统一了以色列王国，后来王国分裂成南北两国。北国叫作“以色列”，而南国称“犹大”（Judah）。公元前 722 年，北国被亚述王国灭掉，而南国一直在勉力支撑。公元前 597 年，取代亚述帝国的新巴比伦王国攻占耶路撒冷，将犹大国王和部分精英掳到巴比伦。公元前 586 年，犹大王国再次被新巴比伦王国击败，南国就此灭亡。以西结正是在犹大王国尚未亡国之际，发出一系列预言，警告悖逆的以色列人，上帝即将假手异族的王国来实施惩罚。

在《以西结书》第 23 章，这位先知将北国和南国比喻成两位犯了淫行的女性，她们犯下的所谓“淫乱”喻指这两国与周边的帝国缔约、拜异族神灵等事。《以西结书》记载，象征耶路撒冷的这位女子“又加增淫行，因她看见人像画在墙上，就是用丹色所画迦勒底人的像，腰间系着带子，头上有下垂的裹头巾，都是军长的形状，仿照巴比伦人的形象，他们的故土就是迦勒底”（23:14−15）。经文中的迦勒底人，指的就是灭掉亚述的新巴比伦王国。雷亚德挖掘出的雕塑和壁画所呈现的服饰与这两句的记述非常吻合。在 1846 年 4 月 21 日给母亲的信中，雷亚德就提到《以西结书》：“以西结写这些预言时，可能眼前一直能看到亚述人或迦勒底人的雕塑。……第 23 章那些细致的段落，准确描绘了宁录德一地的浮雕。"[1] 其实，早在 1845 年 2 月，在他开始挖掘之前九个月，雷亚德已经根据法国考古学家挖出的雕像，引用《以西结书》，并说过相同的话。[2]

《尼尼微及其遗迹》下卷中，雷亚德用了 300 多页的篇幅对于挖掘出的文物尝试做初步分析。当时楔形文字尚未破译，所以雷亚德实际上难以做出突破性的研究，只能就自己终日摩挲的文物做初期的概括、分类，然后提出猜想。《以西结书》23:14–15 是他经常引用的经节，也是他提到的为数不多的《圣经》段落。他在书中提到以西结描写了亚述宫殿的内壁，与宁录德等地出土的雕塑完全吻合。雷亚德认为，以西结说预言的地点就在尼尼微附近，谈论的就是亚述帝国都城在公元前 593 年被毁的情形。"毫无疑问，他曾经见过他所描述的东西，也就是雕在墙壁上、涂彩的人像。"[3] 全书临近结尾处，雷亚德又说：

> 我所描述的带有象征意味的人像，与以西结在异象中所看到的一模一样，读者不可能不注意到。这位先知既已见过亚述宫殿，以及神秘的雕像和华

1 Layard, *Autobiography and Letters*, vol. 1, p. 166.

2 Austen Henry Layard, "Discoveries at Nineveh", *The Literary Gazette* 22 Feb. 1845, p. 122.

3 Layard, *Nineveh and Its Remains*, vol. 2, p. 309.

> 丽的装饰，所以当他想表现某些神灵的特征时，他极有可能从他所熟悉，而且他的听众也熟悉的形象中选取。[1]

无论是挖掘之前的猜想，还是著作中的论述，都足以证明雷亚德的确注意到亚述浮雕与《以西结书》之间存在关联。只不过他行文非常克制，并未着意渲染考古发现能够证实《圣经》的真实性，极力与《圣经》保持适当的距离。[2]

尼尼微与《圣经》

但是，不管雷亚德本意如何，《尼尼微及其遗迹》以及他后续的著作，为宗教界提供了捍卫《圣经》的利器。19 世纪中期，英国国内的宗教态度非常保守，在《圣经》研究方面，英国学界也十分沉闷。根据罗杰森（John Rogerson）的研究，19 世纪前六十年英国学者对于德国《圣经》考证的结论大多非常隔膜，专门的《圣

---

1 Layard, *Nineveh and Its Remains*, vol. 2, p. 464.

2 Julian Reade, "The Early Exploration of Assyria", in Ada Cohen and Steven E. Kangas (eds.), *Assyrian Reliefs from the Palace of Ashurnasipal II* (Hanover: University Press of New England, 2010), p. 100; Mogens Trolle Larsen, *The Conquest of Assyria: Excavations in an Antique Land, 1840-1860* (London: Routledge, 1996), p. 164.

经》注释和研究都缺少原创性，很少提出尖锐的意见。[1] 雷亚德在 1849 年出版《尼尼微及其遗迹》时，达尔文的《物种起源》尚未出版。虽然当时的地质学发现让科学家怀疑《圣经》对于创世和造人的记述不准确，但科学与宗教之争尚未全面开启。然而从 19 世纪 20 年代开始，激烈的无神论思想开始在社会底层传播。最具代表的人数是罗伯特·卡莱尔（Robert Carlile），他大量刊印自然神论（Deism）和无神论的经典著作，将此前仅仅局限于少数上层知识分子、相对孤立的无神论思想变成来自底层阶级的社会运动。[2] 在 19 世纪 40 年代，非常活跃的无神论者罗伯特·库伯（Robert Cooper）深受空想社会主义影响，在英国北方长期发表演讲，是无神论运动在外省的主将。他在 1846 年出版了《不信宗教者的课本》（*The Infidel's Text Book*），当时正是雷亚德开始挖掘的第二年。这本书的第一讲概述《旧约》的历史问题，对于《旧约》的历史真实性深表怀疑。因为《圣经》之外的古代历史书中，几乎见不到以色列早期历史的记录，连提及都极少：

1 John Rogerson, *Old Testament Criticism in the Nineteenth Century: England and Germany* (Philadelphia: Fortress Press, 1985), pp. 180-196.

2 David Berman, *A History of Atheism in Britain: From Hobbes to Russell* (London: Croom Helm, 1988), p. 206.

> 《圣经》的早期历史被包裹在几乎无法穿透的黑暗中。除了一小撮犹太人，人类任何其他民族都对其一无所知。赫西俄德、荷马、希罗多德、古代世界任何不朽的人物，都不曾提到它半点。[1]

库伯进而又说，在亚历山大东征之前，没有任何历史文物提到与犹太人相关的事迹。[2] 面对这样的攻击，雷亚德的发现对于宗教界人士提供了强有力的援助。

《尼尼微及其遗迹》出版后，英国各类报刊杂志纷纷刊登书评，可以帮助我们了解当时人对雷亚德一书的评论和解读。麦利（Shawn Malley）对大量书评做了研究，总结出几种基本倾向。例如，英国人让亚述文物重见天日，进一步证明古代近东是人类文明的摇篮。因此，亚述就是希腊和罗马之外、西方文化传统的远祖。所以雷亚德的发现，等于让英国在更长的时间链条和历史世系中，承担了存危继绝的使命。[3] 另一个主题，就是发现古代近东的物质遗存，强有力证明了《圣经》的历史真实性。

---

1 Robert Cooper, *The Infidel's Text Book* (Boston: Mendum, 1858), p. 2.

2 Cooper, *The Infidel's Text Book*, p. 3.

3 Shawn Malley, "Austen Henry Layard and the Periodical Press: Middle Eastern Archaeology and the Excavation of Cultural Identity in Mid-Nineteenth Century Britain", *Victorian Review* 22.2 (1996), pp. 159-160.

众多书评中，分量最重的是比尔德（John Relly Beard）在《不列颠季刊》（*The British Quarterly Review*）长达40多页的书评，题为《尼尼微与〈圣经〉》。[1] 比尔德与其他书评作者一样，先盛赞雷亚德之英勇无畏："他除了拥有从事艰苦旅行的进取精神，还具有一种勇气，不是克服危险，而是完全漠视危险。"这篇书评内容非常丰富，我们这里只看作者在《圣经》领域的意见。比尔德注意到，雷亚德的发现完全可以支持《圣经》的历史真实性。比尔德批评了当前抬高希腊史家、贬低《圣经》作者的意见，认为在这种不利于《圣经》的文化气氛中，雷亚德的书无疑添加了确凿的证据

> 现在希罗多德已经超过摩西，约瑟福斯（Josephus）是比马太、路加和约翰更高的权威。我们看到人们心甘情愿地相信所有权威，唯独不相信《圣经》。这让人时而痛心，时而齿冷。《圣经》经常被当作怀疑对象，甚至被定罪。……在雷亚德先生的著作中，仿佛有古人真的复活，又添加了一重清晰的证据来源。对于所有宁愿谴责《圣经》也不愿相信《圣经》的人，这本书教会了他们谦卑和忍耐。[2]

1 John Relly Beard, "Nineveh and the Bible", *The British Quarterly Review* 9 (1849), pp. 399-442.

2 Beard, "Nineveh and the Bible", pp. 406-407.

比尔德明确指出，雷亚德的“声音与《圣经》的声音完全一致……当《圣经》讲述最早的政体时，如实描写了现实”。[1] 如果我们对比前面所引用库伯的话，会明白比尔德上述几段话确有所指。

1853 年,《伦敦季评》(*The London Quarterly Review*) 上刊登一篇 30 页的长篇书评，对于过往四年中 12 本有关亚述考古和楔形文字的著作，做了全面的总结和评述，其中就包括《尼尼微及其遗迹》以及雷亚德后来出版的两本书。这篇书评可算对这一领域成果的学科评估。作者认为，雷亚德等人的考古发掘，是对《圣经》真实性强有力的佐证，因为很多《圣经》中出现的近东国王的名字以及重要事件，都已记载于出土的铭文中。[2] 表达这种意见的书评还有很多篇，这里就不一一赘述了。

从当时众多书评以及时人的评论中，我们可以看到英国人普遍感到欢欣鼓舞，纷纷赞美雷亚德的冒险精神和英雄主义。更为重要的是，一个英国人居然能单枪匹马将古代亚述帝国的雕像作为战利品带回伦敦，这极大激发了大众的爱国主义想象。一位书评人在 1849 年 4 月的《弗雷泽杂志》(*Fraser's Magazine*) 上，称赞雷亚

---

1 Beard, “Nineveh and the Bible”, pp. 423-424.

2 W. H. Rules, “Oriental Discovery: Its Progress and Results”, *The London Quarterly Review* 1 (1853), p. 325.

德“英勇、热切、坚韧，他的秉性有如征服者，无论在科学还是战争方面”。[1] 将“征服”与考古发现挂钩，恐怕是当时很多人的无意识联想。大英帝国让已经灭亡两千五百多年的古代帝国重见天日，自然彰显了当代世界霸主的国力和威风。但是，面对雷亚德运回伦敦的雕塑，一些文学界人士却表达出更加悲观的意见，与弥漫着民族主义的主流话语截然不同。

帝国的命运

对亚述文物最直接的文学呈现和反思，是但丁·加布里埃尔·罗塞蒂（Dante Gabriel Rossetti，1828—1882）的诗作《尼尼微的预言》。[2] 这首诗酝酿于 1850 年，罗塞蒂最初将其发表在 1856 年 8 月号的《牛津与剑桥杂志》（*Oxford and Cambridge Magazine*）。他于 1870 年将这首诗收入诗集，又进行了大幅修改，主题和口吻变得更加严肃。这首诗的标题，直接取自《旧约·那鸿书》（Nahum）首句。其中“burden”一字，乃是《钦定本英文圣经》的特殊用字，表示“预言”，尤指上帝通过

1 Anonymous, “Layard’s Nineveh”, *Fraser’s Magazine for Town and Country* 39 (1849), p. 447.

2 Dante Gabriel Rossetti, “The Burden of Nineveh”, in *Collected Poetry and Prose*, edited by Jerome McGann (New Haven: Yale University Press, 2003), pp. 88-93.

先知那鸿之口所宣告的有关尼尼微毁灭的预言。

《旧约》中，除了《创世记》中简短提到尼尼微（10:11）之外，以《约拿书》（Jonah）和《那鸿书》这两卷"小先知书"（Minor Prophets）与尼尼微的关系最大。在《约拿书》中，上帝派约拿去警示尼尼微人，预言要彻底毁灭这座罪恶的大城。但由于尼尼微国王和民众及时悔改，上帝最终宽恕了这座亚述都城的罪恶。书中描写"尼尼微是极大的城，有三日的路程"（3:3），而雷亚德在《尼尼微及其遗迹》中，根据当时的挖掘，认为尼尼微的面积与《约拿书》的记述相吻合。[1]《那鸿书》则记载先知那鸿预言尼尼微要面临的毁灭。历史上的尼尼微在公元前612年被巴比伦人和米底人联合攻破，标志亚述王国的覆灭。在短短篇幅里，那鸿描写了尼尼微毁于战火的场景。尼尼微被称作"这流人血的城，充满谎诈和强暴，抢夺的事总不止息"（3:1）。即将洗劫尼尼微的军队在城中大开杀戒，"马兵争先，刀剑发光，枪矛闪烁，被杀的甚多，尸首成了大堆，尸骸无数"（3:3），以至于"尼尼微现在空虚荒凉"（2:10）。《那鸿书》中，上帝决意与尼尼微为敌，让周围的列国观看它如何受辱："凡看见你的，都必逃跑离开你，说'尼尼微荒凉了！有谁为你悲伤呢？我何处寻得安慰你

1 Layard, *Nineveh and Its Remains*, vol. 2, p. 247.

的人呢？’”（3:7）

罗塞蒂的《尼尼微的预言》，主题是所谓“牛身神”（bull-god）。诗歌的开篇，叙述者刚刚参观了大英博物馆中的希腊雕塑，推开转门，准备返回熙熙攘攘的伦敦街道。这时，他刚好目睹工人将一座来自异国文明的巨像、“来自尼尼微的带翼动物”（a winged beast from Nineveh）运进大英博物馆。

在1852年2月28日的《伦敦新闻画报》（*Illustrated London News*）上，登载了一幅插图，所描绘的正是这一场景。[1] 雕像被两片巨大的木板固定，以防跌落，然后工人用木板搭建了一个传送装置，将雕像运进博物

1 “Reception of Nineveh Sculpture at the British Museum”, *The Illustrated London News* (Feb. 28, 1852), p. 184.

馆。夹住雕像的木架，看去上像是一套枷锁，将异域的神像紧紧固定、控制，这使得有些学者将这幅插图象征地理解为英国对于东方文化的驯服和控制。[1]

有学者考证，从 1850 年底到 1852 年初之间，共计有 7 座亚述巨像陆续抵达大英博物馆，其中只有 3 座是人首、牛身、带翼的神像。这三座神像中，只有一座雕像是完整无缺地运抵大英博物馆。其他牛身神像先被锯断，运抵之后再重新组装。所以，我们可以确定，罗塞蒂这首诗所描写的正是雷亚德从宁录德出土、用商船运到英国、入藏大英博物馆、编号为 118872 的雕像。[2] 这座雕像至今仍摆放在大英博物馆一层美索不达米亚展厅门口。所以，这首诗实际上是诗人面对雷亚德从西亚运回的“战利品”所作的沉思。没有雷亚德挖掘出的文物，没有雷亚德的考古发现所带动的亚述风潮，就不会有这首诗。某种意义上，这是一首“咏物诗”。

罗塞蒂以牛身神像为题，和英国大有关系。早在 1846 年，当雷亚德刚刚挖出这座巨像时，他的恩主、英国驻奥斯曼土耳其帝国大使坎宁（Stratford Canning）就写信给他，希望他能将牛身神像运回英国：“我完全

---

1 Shawn Malley, *From Archaeology to Spectacle in Victorian Britain: The Case of Assyria, 1845-1854* (Farnham: Ashgate, 2012), p. 62.

2 D. M. R. Bentley, “Political Themes in the Work of Dante Gabriel Rossetti”, *Victorian Poetry* 17 (1979), p. 168.

同意你的意见，这座人首牛身的巨大雕像，正好适合英国的博物馆。我敢说，你的意思是这头牛是约翰牛的预像（as a type of John Bull）”。[1] 坎宁使用 type 一字，大有深意。按照传统的《圣经》解释，《旧约》中的人或事乃是《新约》中人或事的“预表”“预鉴”（type）。就是说，在亚述帝国的牛身神像与英国传统称号“约翰牛”中间，存在一种意想不到的吻合。坎宁和其他英国人对于牛身神像的偏爱，可以说明英国人在古代亚述帝国和大不列颠之间找到了天然的联系，古代帝国乃是当代帝国的前身和预示。

《尼尼微的预言》这首诗分 20 节，总长 200 行，内容非常丰富。诗中每一节的结尾，都落在“尼尼微”这个字上，强调这座雕像来自《圣经》中被毁灭的古代亚述都城。诗人将雕像体侧缀满的楔形文字，称为“神秘的符码”（dark runes），而雕像本身则是“已被埋葬的宗教的木乃伊”（the mummy of a buried faith）。[2] 诗人在前半部主要感慨世事无常，曾经一度称霸于近东的古代帝国，最终被埋进尘土之中。希腊、埃及和罗马，所有这些古代文明俱已灰飞烟灭，而如今发现的亚述遗迹也不过是众多死去文明中的一种而已。诗中两次提到

1 Waterfield, *Layard of Nineveh*, p. 135-136.

2 Rossetti, “The Burden of Nineveh”, p. 88.

约拿，在第 148—149 行还化用了《那鸿书》中的句子，充分使用了《圣经》资源。在诗中第 70 行的脚注中，罗塞蒂特意引用雷亚德的《尼尼微及其遗迹》，可以见出诗歌与文物的直接关联。

在罗塞蒂的诗中，亚述雕像躲过了《旧约》中的毁灭，作为古代帝国的遗物，被运到 19 世纪新兴帝国的首都。历史与现实，产生了奇特的时空交错，让人不免产生迷茫之感。[1] 罗塞蒂不仅关注巨像的影子如今投在伦敦的街道上，还继续将这样的交错推向将来。在全诗最后三节，叙述者从思古之幽情中醒来，想到英国作为当今的霸主，有朝一日势必又将陷入新的轮回，同样难逃覆灭的厄运。诗人想象在不远的将来，英国已经国力衰微，而遥远的澳洲或将有新兴帝国崛起。他们会将这座亚述巨像当作大英帝国的神像，搬运到未来的帝国。而到那时，人们已经忘却了神像的来源，而将其直接视为英帝国的象征。

或许他再次伫立，如今
来自澳洲沃土的部落
扬着异国的风帆

1 Virginia Zimmerman, "'Time Seemed Fiction'—Archaeological Encounter in Victorian Poetry", *Journal of Literature and Science* 5.1 (2012), p. 70.

将他运到远方，他已成为伦敦的文物
不复是尼尼微的遗存。[1]

罗塞蒂从怀古过渡到对英国未来的焦虑。尼尼微毕竟是亚述帝国毁灭的象征，尼尼微所经历的深重灾难将不可避免地落在新时代的帝国身上。雷亚德所挖掘的巨像，曾被当地阿拉伯部落认作是古代异教崇拜的象征，在罗塞蒂的想象中，这座巨像又将会经历新一轮的劫难，再度发生身份的错乱，被当作新帝国的宗教象征被更新的帝国俘获、劫走。此处既是讽刺未来掠夺者在文化上的无知，也是批判英国盲目信奉帝国扩张以及浅薄的历史进步观。[2]

在全诗倒数第二节，罗塞蒂加剧了对英国的批判。诗人想象，或许千百年之后，伦敦也会像当初尼尼微一样被夷为平地。在一片废墟中，新的征服者会误认为放置在大英博物馆、当作文物和展品的亚述神像，乃是英国人所敬拜的上帝：

在这废弃之地，他们发现这物
在他们眼中，我们是

1 Rossetti, "The Burden of Nineveh", pp. 92-93.

2 Andrew M. Stauffer, "Dante Gabriel Rossetti and the Burdens of Nineveh", *Victorian Literature and Culture* 33 (2005), p. 379.

背弃基督谦卑之道的民族
面向尼尼微的上帝
俯身膜拜，讴歌颂扬。[1]

雷亚德运回英国的巨像，变成历史上一个又一个被倾覆的帝国的象征，带有末世灾难的意义。当书评作者为雷亚德在异域的英勇之举欢喜赞叹之时，当雷亚德的历险和考古被当作大英帝国国力强盛的象征之时，诗人看到的是巨像所经历过的劫难和所承担的厄运。在民族主义、爱国主义、帝国主义、殖民主义的喧嚣中，罗塞蒂发出了不和谐的声音，让我们注意到在被雷亚德劫走的文物中所蕴含的悲剧意味。在诗人眼中，雷亚德运回英国的不仅仅是古代亚述的文物，也是古代帝国被毁灭的厄运，是一个凶兆（omen）。牛身神像不再是炫耀帝国权威的战利品，而是预示帝国衰落和灭亡的诅咒。

这样不和谐的声音，其实也体现了标准的《圣经》看法。《旧约》中，凡是征服、奴役以色列的大帝国，都被视为上帝用来惩罚以色列人的工具，而且本身也注定要灭亡。[2] 当《尼尼微及其遗迹》刚一出版，一位和雷亚德颇熟识的书评作者，在《北不列颠评论》（*The*

1 Rossetti, “The Burden of Nineveh”, pp. 92-93.

2 Michael Seymour, “Babylon”, in Gange and Ledger-Lomas (eds.), *The Cities of God*, p. 173.

North British Review）上撰文。作者评论道，古代历史被虚妄的传说以及夸大其词的世俗历史所遮蔽，只能透过先知书中的微茫光线，才能略略窥见。如今，雷亚德的发现可以证明《圣经》对于亚述帝国灭亡的预言非常准确。同时，他认为重新发现尼尼微的意义，还在于警示后人："如果尼尼微'充满谎诈和强暴'，已被烈火吞噬……那么，当今世界上那些'流人血的城'，对比约拿更伟大的先知的教诲充耳不闻，它们的命运又将如何？"[1] 我们看到，作者的文字中缀满《那鸿书》对尼尼微的谴责，而他的结论也是延续了先知书的传统："历代帝国的兴亡史，所传扬的是严峻、不可改变的律令：最强大的帝国也必将覆灭。"[2]

这样悲观的论调，还可见于狄更斯主编的《家常话》（*Household Words*）在1851年2月登出的一篇短文，题为《尼尼微的牛》（"The Nineveh Bull"）。在这篇诙谐的文章中，雷亚德带回英国的牛身神像，以第一人称的口吻，叙述自己所经历的战争、祭祀以及各种人世变迁。它目睹了亚述王国被摧毁，而自己被埋在地下，被世人遗忘。千百年过去，一位异乡人让它重回人间。这位英国人告诉它，雄伟的宫殿和庙宇早已化作灰烬，帝

1 David Brewster, "Layard's *Nineveh and Its Remains*", *The North British Review* 11 (1849), p. 253.

2 Brewster, "Layard's *Nineveh and Its Remains*", p. 253.

国昔日的辉煌早已化为陈迹。但是在文章的结尾，这座被劫掠到异乡的亚述神像，并未感到过多的落寞和失意，反而不无得意地评论：

> 我眼见我的国土一片荒凉，我的家园为外人侵占，我在汹涌的河水上颠簸多日。如今我站在陌生的土地，这是这世上年轻一代创造的辉煌。他们说我已远离被毁的家园，来到比故国更加骄横、更加伟大、更为辉煌的城市。但不要得意，你们这些转瞬即逝、自负的人类。我比许多强盛的王国活得更久，也许我注定要活过下一个王国。[1]

这里透露出的信息就是：英国不过是这座神像辗转漂泊过程中的一个中转站，而这个当今的世界霸主、现代的亚述帝国，最终也难逃人世间所有帝国的厄运。

雷亚德所发现的亚述文物，即使依照现代更加严谨的学术研究，也可证明《旧约》中部分记述与公元前 9 世纪和公元前 8 世纪的史实相符合。比如《列王记下》中有关以色列与亚述帝国的纠葛，就被雷亚德发现的

---

1 "The Nineveh Bull", *Household Words* 2.46 (1851), p. 469. 最后几句值得引用原文：but boast not, ye vainglorious creatures of an hour. I have outlived many mighty kingdoms, perchance I may be destined to survive one more.

“黑色方尖碑”以及铭文所证实。[1] 对于19世纪的护教者而言，古物的发现可以击退当时怀疑主义和无神论的汹涌浪潮。而对于罗塞蒂和《家常话》杂志那位无名作者而言，公元前9世纪的亚述神像，传达出的则是《旧约》先知书中不变的政治预言：无论古代还是现代的强盛帝国，都注定要覆灭。雷亚德挖掘出的亚述文物，激发出两种截然不同的回应。但无论是古史考证，还是对帝国的忧虑，两种回应都紧紧围绕《圣经》传统。虽然雷亚德本人对于《圣经》颇为淡漠，但令他始料不及的是，就亚述文物对于19世纪中期英国的影响而言，我们会发现《圣经》可能还是最大的赢家。

（本文最初发表在《外国文学》2019年第6期，第84—92页。本次结集，将注释格式加以调整，文字基本无变动。）

1 Susan Ackerman, “Assyria in the Bible”, in Ada Cohen and Steven E. Kangas (eds.), *Assyrian Reliefs from the Palace of Ashurnasirpal II* (Hanover: University Press of New England, 2010), p.172.

巴比伦与希伯来之战

1842 年，法国驻摩苏尔领事博塔（Emile Botta, 1802—1870）开始在伊拉克北部库永吉克（Kuyunjik）一地挖掘，后来将考古工作移至柯萨巴（Khorsabad），出土了大批公元前 8 世纪古代亚述王国的文物。他将部分文物运回法国，存放在卢浮宫。1845 年 11 月，英国人雷亚德步博塔后尘，在摩苏尔附近的宁录德一地，雇佣当地人展开挖掘，当即就有惊人的发现。他稍后将出土的巨型雕塑和部分珍品设法运回英国，入藏大英博物馆。雷亚德的发现在英国引起轰动，成为当时媒体争相报道的文化事件。他后来写了考古学历史上首部畅销书《尼尼微及其遗迹》，这本书不仅让雷亚德瞬间成为名人，也让他实现了财务自由。但是，由于楔形文字的最终破译，还要等到 1857 年前后，所以雷亚德和他助手所发现的楔形文字泥板，始终未能在学术上造成突破。到了 1872 年，自学成才的乔治·史密斯（George Smith，1840—1876）在大英博物馆所藏的一块泥板上，发现了古代巴比伦的洪水神话，始于 19 世纪 40 年代的近东考古挖掘，才终于结出学术上的硕果。

史密斯所发现的，正是古代近东史诗《吉尔伽美什》（*Gilgamesh*）第 11 块泥板。上面记述了神灵要发动洪水，毁灭人类，而受到神灵青睐的一位英雄，建造了一艘救生船，躲过了这场浩劫。史密斯最初读到的一栏文字，描写一艘船停在山顶，主人公放飞鸽子，鸽子找不到栖息的地方，只得飞回船里。他当即想到《创世记》第 8 章挪亚乘方舟躲过洪水，有几乎一模一样的描写。史密斯在 1876 年出版了《迦勒底创世记》一书，仔细对比了楔形文字泥板和《创世记》对洪水的记述。[1] 他根据当时极其有限的材料，就已经发现两个故事之间有 23 处共同点，比如：神灵威胁毁灭世界、命令主人公造船、对船只的建造和尺寸有详细说明、英雄带着动物和食物进入方舟、洪水淹没全地、全人类被毁灭、船只停在山顶、放出飞鸟探测、神灵接受幸存者的献祭、与幸存者立约并祝福，等等。

当然，两个故事之间在细节上也有关键的不同。但是，相似之处远远多于不同之处，这是一目了然的。史密斯自然而然会想到一个关键问题：巴比伦洪水神话

---

1 George Smith, *The Chaldean Account of Genesis Containing the Description of the Creation, the Fall of Man, the Deluge, the Tower of Babel, the Time of the Patriarchs, and Nimrod; Babylonian Fables and the Legends of the Gods; from the Cuneiform Inscriptions* (London, 1876). 书名极长，若全部翻译，则是《从楔形文字铭文发现的迦勒底人记述，包括对创世、人之堕落、洪水、巴别塔、先祖时代、宁录的描写，以及巴比伦的寓言和神话》。“迦勒底人”（the Chaldeans）是希伯来《圣经》中对古代亚述人的称呼。

与挪亚方舟的故事，其间是否存在某种传承关系？史密斯回答此问题时，措辞非常谨慎。比如，他在书中委婉地说："描写洪水的泥板文字，其价值在于构成符合《圣经》叙述的一个独立证据，而且远早于任何其他证据。"[1]他用"符合《圣经》叙述"来表述两个故事之间惊人的相似，用"远早于任何其他证据"的说法，避开《吉尔伽美什》早于《创世记》这一令人尴尬的事实。在全书临近结尾处，史密斯稍稍大胆了一些。他指出，所有证据都促使人相信，巴比伦乃是洪水传说的发源地，而古代以色列人乃是从巴比伦继承了这个故事。但他也赶紧补充说，二者之间也存在显著差异，所以还需要更多证据方可证实其间的传承关系。[2]

谁模仿了谁？

但随着专业学者更深入的探讨，两个神话之间进行正式的对比，已然不可避免。我举两本书为例。美国学者弗兰西斯·布朗（Francis Brown）于 1885 年出版一书，题为《亚述学在〈旧约〉研究中的运用与误用》。[3]

---

1 Smith, *The Chaldean Account of Genesis*, p. 286.

2 Smith, *The Chaldean Account of Genesis*, pp. 291-292.

3 Francis Brown, *Assyriology. Its Use and Abuse in Old Testament Study* (New York: Charles Scribner's Sons, 1885).

之所以举这本书为例，是因为1885年时，亚述学作为一门正式学科才刚刚建立不久。牛津大学设立亚述学教席，是在1891年之后，德国大学设立专门的亚述学是在1875年（此点详后）。布朗是美国首位教授阿卡德语的学者，当时担任协和神学院（Union Theological Seminary）的《圣经》语文学副教授。[1] 协和神学院乃是美国自由派神学的大本营，聚集了一批宗教思想开明的神学家。布朗在书中批评了有些学者将考古发现用于护教目的，甚至用了“考古护教论”（Archaeological Apologetics）这样的词。[2] 他所谓的对亚述学的误用，也包括忽视新出现的问题：“亚述学不只是站在圈外，向我们解释《圣经》。它深入《圣经》内部，既能解决从前的疑难之处，有时也能暴露令人困惑的新疑问。”[3] 他随即举出的，就是洪水泥板和《圣经》故事的例子。

> 毫无疑问，二者之间有差异，但是其相似处足够惊人。如何解释这些相似之处？二者之间有无文献传承的关系？如果有，到底是何种关系？谁依赖谁？或者二者共同依赖一个更早的版本？如果是

1 Mark Chavalas, “Assyriology and Biblical Studies: A Century and A Half of Tension,” in Mark Chavalas and K. Lawson Younger, Jr. (eds.), *Mesopotamia and the Bible* (Sheffield Academic Press, 2002), p. 30.

2 Brown, *Assyriology*, p. 9.

3 Brown, *Assyriology*, p. 29.

这样，那么哪一个更接近母本？现在看来，亚伯拉罕离开的迦勒底的吾珥（Ur Kasdim）就在巴比伦，这是否能暗示希伯来人获得这个故事的方式？能否证明在他离开之前，故事已然在巴比伦颇为流行？故事是如何产生的？是创自闪族的巴比伦人，还是他们从阿卡德人那里借用的？[1]

布朗明确、直接地追问两个传统之间的关联，并且意识到这些疑问可能会引发更大的问题。对比两个近似的事物，难免会引出谁早谁晚、孰优孰劣的问题。比较洪水故事的两个版本，有时会升级到对巴比伦和希伯来这两种古代文明进行对比。布朗提出的这一连串问题，以及他急迫的口吻，都让人感觉对比研究势在必行、无可逃遁。

德国学者齐默恩（Heinrich Zimmern，1862—1931）在《巴比伦与希伯来创世记》这本小册子中，对此问题给出了明确回答。[2] 1900 年，莱比锡大学首次设立亚述学教席，齐默恩即被聘为讲席教授，可见他乃是当时德国亚述学的顶尖学者。他在书中，将希伯来《圣经》对于创世和伊甸园的描写，与新发现的古巴比伦泥板做了

---

1 Brown, *Assyriology*, pp. 32-33.

2 Heinrich Zimmern, *The Babylonian and the Hebrew Genesis*, translated by Jane Hutchison (London: David Nutt, 1901).

对比。他认为创世故事只能是巴比伦土生土长的传说，之后为以色列借用。谈到挪亚洪水时，齐默恩举出两个叙事传统在细节方面惊人的相似，并依照常情，推测二者的关系只可能有三种可能性：

> 1. 巴比伦传说袭用以色列故事。
>
> 2. 两个传统独立形成，平行发展，彼此之间没有瓜葛。
>
> 3. 以色列人学习、采纳了古代巴比伦人的神话，自己又加以发挥。

第一种可能性，齐默恩认为根本不存在。因古代巴比伦文明远较以色列发达，所以他斩钉截铁地说：

> 巴比伦的文明程度远超其他任何西亚民族，当他们的传说流传时，以色列人还是半开化的游牧民族，尚在叙利亚和阿拉伯沙漠中游荡。只需指出这一点就足矣。[1]

文化影响，如水之就下也，必然是从更古老、更高级的文明下及低端文明，断无逆流而上的道理。这就是

---

1 Zimmern, *The Babylonian and the Hebrew Genesis*, pp. 55-56.

齐默恩的逻辑。在他眼中，西方文明的根源——希伯来《圣经》——在更古老文明面前，优势尽失。

第二种可能，指的是两个传统如平行线，绝不相交。因为洪水神话流传太久、流传范围太广，深入人心，所以无论是巴比伦还是以色列，从最一开始，都可能参照当时广为流传的故事，独立发展出自己的版本。也就是说，同一古老的素材，大家分别继承、各自表述，谁也没沾谁的光。但齐默恩认为这种观点也不能成立。因为两个传说之间的细节有精确的对应，比如放飞鸽子来测试洪水是否消退，若不是一方模仿或剿袭另一方，则很难有这么多严丝合缝的对照。

如此一来，只剩下第三种可能：巴比伦泥板上所载的洪水故事在先，而《圣经》记述则是对这一原型的模仿和改写。就写法而言，巴比伦的版本更加质朴，洪水只持续了 7 天。但到了《创世记》，就变成特大洪水。"亚威派"传统描写洪水持续了 60 余日（昼夜不停的暴雨 40 天，外加放鸟试探 3 个 7 天），而"祭司派"出于自己的神学主张，将肆虐的洪水延长到整整一年。

齐默恩在这本 60 余页的通俗小册子中，用了 10 页的篇幅简明扼要、干脆利索地解决了两个传统之间传承关系的问题，代表了亚述学阵营对挪亚洪水的一派典型意见。而关于洪水故事这个特定话题的讨论，很容易推而广之，引发更具普遍意义的"文明之争"。

“超英赶法”的焦虑

史密斯1876年出版的《迦勒底创世记》一书，当年就被译为德文，由柏林大学著名学者弗里德里希·德力驰（Friedrich Delitzsch，1850—1922）作序。德译本的出版也是德力驰积极推动的。严格意义上的现代《圣经》考据学，发轫于18世纪晚期的德国，有影响的德文著作，被源源不断译成英文。但在19世纪的圣经学领域，英文著作译成德文的却不多见。一向以学术严谨和创新而自雄的德国，如此迅疾地推出德译本，可见史密斯的发现所带来的空前震撼，也同时显示德国在近东考古方面的劣势。

德力驰出身于学术世家，其父弗兰茨·德力驰（Franz Delitzsch，1813—1890），是德国著名的神学家和《旧约》学者。他在宗教信念上是标准的正统派，不同意当时《圣经》考证的结论，但无论在19世纪还是20世纪学者所写的《旧约》研究史上，他都有一席之地。[1]弗里德里希·德力驰是德国亚述学举足轻重的人物。考

1 对老德力驰的介绍和评论，可参考：T. K. Cheyne, *Founders of Old Testament Criticism* (London, Methuen, 1893), pp. 155-171; John Rogerson, *Old Testament Criticism in the Nineteenth Century: England and Germany* (Fortress Press, 1985), pp. 111-120。对于父子二人的学术经历和贡献，可见 Raymond F. Surburg, “The Influence of the Two Delitzsches on Biblical and Near Eastern Studies”, *Concordia Theological Quarterly*, 47.3 (1983), pp. 225-240。

察亚述学在德国的建立和发展，一般以 1875 年为这门学科的“元年”。这一年，柏林大学增设一“近东语言”教席，以区别于传统的梵文研究。专精楔形文字的艾伯哈特·施拉德（Eberhard Schrader，1836—1908）被聘为教授。施拉德所担任的教席，名称中虽无“亚述学”三字，但其研究领域完全是亚述学，所以他也就成为德国亚述学的奠基者。他后来出版的《楔形文字铭文与〈旧约〉》一书，以出土的巴比伦材料为基础，阐明了《旧约》中许多难以索解之处。就在施拉德就职前一年，德力驰成为首位获得亚述学博士学位者，随后在莱比锡大学担任亚述学讲师。到了 1893 年，布来斯劳大学（Breslau）设立首个冠以“亚述学”名称的教席，德力驰接受聘请，成为德国第一位名副其实的亚述学教授。设立专门的“亚述学”教席，就仿佛这个专业由二级学科升格为一级学科，不必再挂靠东方学。1899 年，施拉德退休，德力驰接棒，开始担任柏林大学的亚述学教授。由于柏林大学的特殊地位，德力驰受聘，相当于成为德国亚述学公认的权威。[1]

德国势力在 19 世纪末期开始渗透进西亚，标志性的事件是 1903 年开始修建柏林至巴格达的铁路，这是

1 参见 Ursula Wokoeck 在 2009 年出版的《德国东方学研究：1800—1945 年中东与伊斯兰研究》第 6 章（*German Orientalism: The Study of the Middle East and Islam from 1800-1945*）。

当时政治和商业方面的大手笔。就考古而言，德国此前在近东地区完全插不上手。所有开创性的挖掘、惊天动地的发现，都是英法学者的功劳。德国的亚述学研究虽然领先，但毕竟拥有的文物极其有限，与卢浮宫和大英博物馆的馆藏不可同日而语。德国当时正值大国崛起之际，政治上要与英、法这些老牌帝国角力，文化和学术上更是要“预流”、要抢占制高点。这种与欧洲列强全面竞争的心态，促成德国于 1898 年建立了“德国东方协会”（Deutsche Orient-Gesellschaft）。创建这个协会的动机非常明确，就是要在近东开展新的挖掘，用新发现的顶级文物填满柏林博物馆，使得德国学者今后的研究不必事事仰人鼻息。东方协会成立的第二年，德国考古学家考尔德维（Robert Koldewey，1855—1925）就开始在古代巴比伦遗址展开挖掘。而同一年，德力驰为当时极度畅销的《柏林画报》撰文，为这个新机构摇旗呐喊：

> 尼尼微，亚述国王撒达纳帕鲁斯（Sardanapalus）——英国的名声永远与这些名字相连。巴比伦，尼布甲尼撒的都城——和这些名字相连，有无可能是德国堪任的使命？[1]

1　引自 Frederick N. Bohrer, *Orientalism and Visual Culture: Imagining Mesopotamia in Nineteenth-Century Europe* (Cambridge University Press, 2003)，第 272 页。

1887 年，德国组织的一次挖掘收获有限，当时人就讥讽道：

> 法国人在近东已经收获了非凡的宝藏。英国人已经探索了亚述。而我们一穷二白。长期以来，我们所拥有的不过是石膏模型而已，象征性地在博物馆里展示。但不容否认，真迹远比石膏塑像更有意思。[1]

德国举国上下的焦虑可见一斑。

在这样的背景之下，德力驰在 1902 年 1 月 13 日，开始了题为《巴比伦与〈圣经〉》（*Babel und Bibel*）的讲座。这是他三次演讲的第一讲，听众有两千多人，不仅有各界名流，甚至德国皇帝威廉二世也亲临会场。讲座的目的是普及亚述学成果，激发民众对近东考古的热情。但德力驰没有预料到，这样一场公共演讲，后来竟会引发一场席卷全国，甚至蔓延到国外的大争论。这场争论后来就称为“巴比伦与《圣经》的争论”（*Babel-Bibel-Streit*）。这是亚述学这门新兴学科所引起的最激烈的争议。这场争议没有开启于最早开始考古挖掘、藏品最丰富的英法两国，却爆发于雄心勃勃准备超英赶法的德意志第二帝国。那么，德力驰到底讲了些什么？他哪些观点犯了众怒？

---

1 引自 Bohrer，*Orientalism and Visual Culture*，第 279 页。

德力驰的三次演讲

今天我们读德力驰的第一讲，会发现里面并没有太多猛料。[1] 他开宗明义，指出人们在遥远、蛮荒的土地，不辞劳苦地挖掘，一切目的唯在《圣经》。近东考古将开启一个新时代，从此以后，巴比伦与《圣经》会永远联系在一起。从以色列的先祖亚伯拉罕一直到公元前1000 年左右的大卫和所罗门，《圣经》中只有少量的载记，所以时至今日，我们的头脑仍受摩西五经的束缚。“而如今，金字塔露出深层，亚述宫殿敞开宫门，带有自己文献的以色列人，只是受人尊崇的古老列国中最年轻的成员而已。”[2] 德力驰说，《圣经》在 19 世纪晚期之前，乃自成一世界。它记录的时代，年代下限都是西方古典时代不可企及的。但如今，《旧约》这堵高墙瞬间坍塌，从东方吹来一股清风，投射出一束强光，照亮了这部古老的经籍。德力驰的开篇略显抒情，这也合乎公众演讲的规范。

---

1 Friedrich Delitzsch, *Babel and Bible. Three Lectures on the Significance of Assyriological Research for Religions* (Chicago: The Open Courting Publishing Company, 1906). 德力驰这几次演讲的合集，有不同的英译本。1904 年版只包括第一讲，后来的英译本也只包括前两讲。这个 1906 年的译本，不仅包含了全部三次讲座，而且在第二、三讲之间还插入对批评意见的总结和德力驰的回应。另外，这一版本附有一篇前言，是德力驰 1898 年的文章，题为《东方之光》(*Ex Oriente Lux*)。

2 Delitzsch, *Babel and Bible*, p. 3.

借助刚刚发现的《汉谟拉比法典》片段，德力驰指出，远在《圣经》年代之前，西亚已然出现高度发达和成熟的文明。

> 但是，巴比伦给予《圣经》语文学研究最大也是最意想不到的帮助，就其影响深远而言，无过于这个事实：在底格里斯河和幼发拉底河河畔，早在公元前2250年，我们已然发现一个高度组织化的法治国家。在这片巴比伦的低地，面积与意大利相仿佛，但天然资源异常丰富，经过人类的辛勤耕耘而变成一块物产丰富的丰饶之地。在基督之前第三个千年，已经存在一个文明，在多方面堪与我们自己的文明相媲美。[1]

也就是说，当以色列的十二支派进入迦南时，他们闯入的不是蛮荒之地，而是巴比伦的文明圈。德力驰告诉听众，《圣经》中的度量衡、货币、法律完全是巴比伦式的，祭司制度和献祭方式也无疑受其影响。言下之意，古代以色列人进入应许之地，实乃低端文明进入高端文明的领地。他特别谈到，《旧约》所设立的安息日，在巴比伦文明中早有先例。出土材料中有记录节庆和祭

1 Delitzsch, *Babel and Bible*, p. 30.

祀的历表，每月有 4 天为特殊日子，百姓不得做工，国王不得献祭、审案，医生也不得问诊。所以，他认为犹太人的安息日来自巴比伦。

第一讲中，见不到特别激烈的表述，唯见作者对巴比伦的一腔热情。对于近东文明之古老，德力驰言之凿凿，相比之下，希伯来文明不仅晚出，而且其核心要素都是从巴比伦舶来的。被上帝选中的以色列人本是天之骄子，从上帝那里直接领受了神启，而现在则降格为巴比伦文明的模仿者。对于巴比伦文明的盛赞，对于《圣经》的贬低，在虔诚的基督徒和犹太人听起来，一定很不是滋味。第一讲之后，德力驰被派往近东从事挖掘工作。不承想，今天读来颇为温和的演讲在当时却引起了轩然大波。而德力驰远在万里之外，消息隔绝，国内的喧哗与骚动，他无从获悉。一旦回到柏林，集中阅读那些对他学术、宗教和人身的多重攻击，德力驰一定是目瞪口呆，肝胆俱裂。当他再度登坛开讲时，明显怀着一腔怨怒，也难怪他提高了调门，而且必须要戳中敌人痛处而后快。

一年之后，1903 年 1 月 12 日，还是在原来的场地，依然面对包括威廉二世的大批听众，德力驰以挑衅的方式宣讲巴比伦与《圣经》的关系。他先提到出土文献可以帮助学者明了《圣经》中的部分名物。比如《圣经》中经常提到一种头上生角的凶猛动物，一般都理解为羚羊。但根据新材料，方知指的是野牛，和狮子一样，常常是猎杀的对象。[1] 但亚述学对于《圣经》学积极的贡献，并不是第二讲的主旨。在 1901 到 1902 年之交，法国考古学家刚刚发现《汉谟拉比法典》全文。其中罗列的大量法条，与犹太律法颇多重合。德力驰认为以色列人的律法不是神授，而明显是人制定的，而且不论民法还是祭祀法，受巴比伦法典影响尤深。摩西十诫中的主要内容，大都是巴比伦人奉为圭臬的戒律，比如不敬父母、发伪誓、觊觎他人财物这些行为，都是《汉谟拉比法典》中所要惩罚的。所以巴比伦法典，不仅年代远早于犹太律法，更是后者所借鉴的模型。

第一讲中，德力驰曾提到在公元前 2500 年移居巴比伦的闪族游牧民族中，已出现一些人名，包含 El、Jahu 等与《旧约》上帝之名相似的词。这让有些神学家深感恐慌，因为这些名字比《旧约》早了一千多年，而且显示当时人已经崇拜一位名为 Jahu 的神。德力驰认为，如果我们相信神的启示经历了进化过程，那么这样的证据反而应当受到欢迎，因为这说明对耶和华的崇拜已出现在更广的人群中，不仅仅限于亚伯拉罕的后人。即使对于基督教所诟病的古代多神教，德力驰也表现得格外慷慨大度：

1 Delitzsch, *Babel and Bible*, pp. 79-81.

我反复强调巴比伦人的多神教非常粗陋，我也不想掩饰这一点。但是，将苏美尔人和巴比伦人的众神以及在诗歌中的描写，加以肤浅的嘲笑和夸张的讽刺，我也觉得不妥。就如同若有人这样讥笑荷马笔下的众神，我们也会予以谴责。用木石做成塑像来祭拜神灵，也不能简简单单被打发掉。不要忘了，即使《圣经》在叙述创世时，也会说人“依照上帝的形象”而被造的，这与经常被强调的上帝乃是“属灵”完全对立。[1]

这里，德力驰对于巴比伦的宗教传统予以充分尊重，绝不以低等宗教视之。

对比两个文明的道德伦理观念，德力驰发现，以色列不一定高于巴比伦。亚述和巴比伦人的战争野蛮而残酷，但希伯来人征服迦南时，经常将全城人斩尽杀绝。有时，巴比伦人反倒更有人情味儿。德力驰举了《吉尔伽美什》的例子。洪水退去之后，躲过这场浩劫的英雄眺望广阔的海洋，放声恸哭，因为所有人类都已消亡。但反观《创世记》，我们在挪亚身上却找不到对世人的任何怜悯和同情。此外，在社会生活一个重要方面，巴比伦要超越《圣经》，那就是对待女性的态度。德力驰

1 Delitzsch, *Babel and Bible*, pp. 103-104.

谈到，以色列女性在《圣经》中始终低人一等：

> 女性先是父母的财产，后来是丈夫的财产。她是有价值的“帮手”，在婚姻中，最沉重的家务负担都压在她肩上。特别值得一提的是，女性没有资格主持宗教仪式。[1]

但巴比伦则全然不同。德力驰发现在汉谟拉比时代，女性已经可以将座椅搬进神庙，法律文书中已出现女性证人的名字。在他看来，对女性的尊重，来自非闪族的苏美尔人，这是古代以色列人所无法企及的。

通读第二讲，我们发现德力驰实已偏离了原初的设想。他不是在普及亚述学的研究成果，而是一定要让这两种传统捉对厮杀，分出胜负。第一讲所引发的批评，把德力驰的火拱起来，所以他有意采用更加激烈，甚至有些挑衅的口吻，抬高巴比伦文明在各方面的成就，贬低《圣经》的独创性，还进而批判《旧约》的道德观。如此一来，在基督教神学家看来属于低级、原始、野蛮的巴比伦神话，反而超越《旧约》；更古的巴比伦文明，一跃而成为更进步、更先进的文明。

由于第二讲“悍然”突破了宗教底线，所以招致全

---

1 Delitzsch, *Babel and Bible*, p. 108.

国范围内更猛烈的抨击。威廉二世虽然自己非常热爱古代亚述军事帝国，但迫于形势，也不得不与德力驰进行切割。第二讲之后一个月，也就是1903年2月15日，他发表了一封致德国东方协会会长的公开信，严厉批评了德力驰在宗教问题上的鲁莽孟浪：

> 我们开展挖掘活动，发布成果，为的是科学和历史，不是为了顺应或者攻击宗教假说。……我深感遗憾，德力驰教授未能保持初衷。根据去年的设想，他的工作是根据东方协会的发现，通过精确核对铭文的译文，来确定这些材料如何能阐明以色列人民的历史，或者澄清以色列人的历史事件、风俗习惯、传统、政治和法律。换句话说，他本应显示强大和高度发达的巴比伦文明与以色列文明之间的相互关系，显示前者如何影响后者，或者如何在后者身上烙下印记。《旧约》虽以令人反感和极端片面的方式描写巴比伦人，但德力驰教授本可以挽回巴比伦人的荣誉和名声。就我的理解而言，这乃是他的初衷……他本应就此止步，不幸的是，他的热忱推动他继续前行……他以论战的口味讨论神启问题，或多或少否认神启，或者将其贬低为纯粹人类的发展。这是严重的错误，他碰触到许多听众

最内在、最神圣的信念。[1]

威廉二世的这封信，承认亚述学的贡献，也不反对给巴比伦人正名。但是，亚述归亚述，《圣经》归《圣经》。或者说，历史归历史，信仰归信仰，二者不可混淆。亚述学可以帮助阐明《圣经》，却不可动摇跳脱于历史之外的神启。威廉二世提到，在这两讲中，历史学家德力驰贸然侵入神学领域，所以才导致这样的争议。由学术普及引发信仰上的震荡，这当然是当权者不愿意看到的。

德国皇帝既已为这场争论定调，德力驰的影响力不免一落千丈。转过年来，第三讲被安排在柏林以外的地方，时间推迟到 10 月份，皇帝不再移驾会场，听众也少得可怜。德力驰继续举例，说明很多《圣经》观念和制度并不是以色列人所独有，比如爱人如己的思想、对社会底层阶级的关爱，都可在巴比伦文明中找到先例，甚至耶稣所宣扬的博爱也与巴比伦人相同。但考虑到当时舆论界一边倒的批评声音，这一讲难免让人有虎头蛇尾之感。

1　德国皇帝这封公开信，也收入德力驰三次演讲的英译本中，见 *Babel and Bible*，第 121 页。

“泥板之战”

德力驰所引发的“巴比伦与《圣经》之争”，是20世纪初学术史和思想史的一件大事。向德力驰发难者，不计其数，既有基督教神学家、牧师和学者，也有犹太拉比和学者。根据现代学者的全面统计，回应他的单篇文章竟然超过1800篇，再加上专门驳斥他的小册子还有28本。[1]巴比伦在基督教传统中，是声名狼藉的罪恶之城。[2]《旧约》中，让古代犹大国灭亡、摧毁耶路撒冷圣殿的就是新巴比伦王国的国王尼布甲尼撒。亡国之后，以色列人的贵族和精英被掳到巴比伦，这场大流散也称为“巴比伦之囚”（Babylonian Captivity）。《旧约》先知书中，古代先知反复诅咒巴比伦，并预言它的灭亡。《以赛亚书》曾这样写（13:19–20）：

> 巴比伦素来为列国的荣耀，
> 为迦勒底人所矜夸的华美，

---

1 Yaacov Shavit and Mordechai Eran, *The Hebrew Bible Reborn: From Holy Scripture to the Book of Books*, translated by Chaya Naor (Berlin: Walter de Gruyter, 2007), p. 226, note 103. 这本书是两位以色列学者希伯来文著作的英译本。全书第二部分用了7章（第195—352页）详细分析了这场争论，特别是德国以及世界各地犹太学者对德力驰演讲的回应，资料极其丰富。

2 巴比伦在《圣经》中的形象，可参见 Michael Seymour, *Babylon: Legend, History and the Ancient City* (London/New York: I. B. Tauris, 2014; paperback, 2016), 第36—51页。

必像上帝所倾覆的所多玛、蛾摩拉一样。
其内必永无人烟，
世世代代无人居住。

以赛亚还诅咒巴比伦王下地狱，说："你的威势和你琴瑟的声音都下到阴间，/ 你下铺的是虫，上盖的是蛆"（14:11）。类似的诅咒，在《以赛亚书》《耶利米书》多次出现。[1] 犹太学者对德力驰的主张极为抗拒，因为他们深切感到，基督教社会对待希伯来《圣经》的态度，是重要的晴雨表，能反映社会对于犹太人和犹太教的态度。所以，他们认为德力驰抬高巴比伦、贬抑希伯来传统的做法，看似学术研究，实则暴露出反犹的倾向。有人将这场论争称为"泥板之战"：一方是摩西从上帝手中接过的、刻有十诫、代表圣约的石板，另一方则是布满苔藓、朽坏、文字难以辨识的楔形文字泥板。[2] 批评者还纷纷给德力驰起了绰号，称其为"新巴比伦宗教的使徒""巴比伦众神的旗手"等等。[3] 纯粹出于宗教的义愤而讨伐者，占了大多数，而真正在学术

---

1 《新约・启示录》中，作者用"巴比伦"来暗指当时的罗马帝国，用了大量夸张的修辞来丑化其污秽和罪恶："大巴比伦，作世上的淫妇和一切可憎之物的母"（17:5）。

2 Shavit and Eran, *The Hebrew Bible Reborn*, p. 199.

3 Shavit and Eran, *The Hebrew Bible Reborn*, p. 206.

上与德力驰旗鼓相当的对手，大概要数赫尔曼·衮克尔（Hermann Gunkel，1862—1932）。衮克尔是《旧约》研究的巨擘，他对这场激辩所做的贡献，是一本语气平和、颇有见地的小册子，题为《以色列与巴比伦：巴比伦对于以色列宗教的影响（答德力驰）》。[1]

衮克尔在标题中，反其道而行之，将“以色列”置于“巴比伦”之前，意在扭转德力驰的观点。在这本小书中，他花了不少篇幅讨论洪水故事，既可让我们了解他对这一具体问题的看法，也可推而广之，见到他对两种文化的基本立场。对于两个版本的时间先后，衮克尔的态度非常明确：洪水神话的源头毫无疑问来自巴比伦，这是板上钉钉的事，不必再纠缠。但德力驰只一味强调《圣经》材料依附于巴比伦，却没有研究《圣经》叙述本身是否具有独特性。问题在于：即使《圣经》故事源于巴比伦，它是否就因此变得一钱不值？衮克尔从方法论上提出质疑，因为只是追根溯源，还远远不够，更需研究源文本是如何被后起文本改造的。他以歌德的《浮士德》为例，评论道：

如果我们指出民间故事乃是《浮士德》的来源，

1 Hermann Gunkel, *Israel and Babylon. The Influence of Babylon on the Religion of Israel. [A Reply to Delitzsch.]* Translated by E. S. B. (Philadelphia: John Jos. McVey, 1904).

又有谁会认为歌德作品的价值就降低了呢？恰恰相反，当我们看到他是如何运用这些粗糙的材料，歌德的才智方为人所知。《圣经》和巴比伦的洪水故事亦复如是。二者简直是天差地别，表现了截然不同的世界。巴比伦的故事表现了狂野、怪诞的多神教。神灵钩心斗角、互相算计，在洪水面前浑身发抖，像狗一样退缩在天上，像苍蝇一般冲向祭品。但《圣经》故事讲的却是那唯一的上帝，他发动洪水是由于公正的审判，他仁慈地庇护义人。巴比伦的故事有可能会取悦纤细敏感的现代人，但在《圣经》叙述中，却不曾见到主人公对于溺死者的同情。[1]

这里提到的几处细节都出自《吉尔伽美什》。当洪水暴发时，巴比伦诸神惊慌失措，逃到天上，诗中写他们“像狗一样蜷缩”。洪水消退之后，躲过一劫的英雄在山顶献祭，神灵闻到祭品的馨香，诗中写他们“像苍蝇一样围住献祭者”。这些对神灵不甚恭敬的描写，被衮克尔用来证明巴比伦多神教的粗鄙，反衬一神教上帝的威仪。

德力驰虽未明言，但他的论述有一个预设：一个神话越古、越原始，就越纯、越本真。按照这样的思路，任何晚出的版本都只能是模仿，而模仿即盗版，古本最

1 Gunkel, *Israel and Babylon*, p. 32.

初的原创性会大大流失。但衮克尔对此有异议。《圣经》故事虽晚出，却绝不是衍生品，而是对巴比伦神话创造性的改写和化用，是后来居上、点铁成金、化腐朽为神奇。但衮克尔的结论，也未必能服众。他的判断标准，就是基督教的一神论无限高于其他宗教的多神论。这一点对于衮克尔这一代学者，是天经地义、不言自明的。持此种观点，那么巴比伦的神就只能显得粗鄙、野蛮，甚至猥琐。衮克尔所举的狗和苍蝇两个比喻，是后代富有基督教情怀的学者最钟爱的例子，被反反复复引用，以证明巴比伦宗教的低劣。[1] 总之，衮克尔和其他学者，往往以一神论为准绳，便视其他宗教为低俗、不开化。这样的立场，现在恐难以成立了。

德力驰在其三讲中，高度称颂巴比伦，极力贬损以色列，这也与当时特殊的学术氛围有关。在 19 世纪最后二十年，德国亚述学界已出现所谓“泛巴比伦说”（Panbabylonism），有不少学者都认为世界上一切文明都源出两河流域。[2] 巴比伦也就成为世界文明的原

---

1 可参考 20 世纪 40 年代美国亚述学家海德尔的研究，他仍然是用一神论来判定巴比伦传统与《圣经》传统的优劣：Alexander Heidel, *The Gilgamesh Epic and Old Testament Parallels*, 2nd ed. (Chicago: University of Chicago Press, 1949), pp. 268-269。而对此倾向的反省，见美国犹太东方学家 Jacob J. Finkelstein 的文章：“Bible and Babel. A Comparative Study of the Hebrew and Babylonian Religious Spirit”, *Commentary* 26.5 (1958), pp. 431-444。

2 对这一思潮的起源和简要总结，见 Suzanne Marchand, *German Orientalism in the Age of Empire* (Cambridge: Cambridge University Press, 2009)，第 236—244 页。

点和中心。这种思潮也间接影响了中国。法国学者拉克伯里（T. de Lacouperie）在 1894 年发表《中国上古文明西源论》一书，认为公元前 23 世纪时，巴比伦酋长 Nakhunte 率族人东迁，辗转来到陕西、甘肃一带，最终进入黄河流域。Nakhunte 就是黄帝，Sargon 为神农。此说经日本学者的引介进入中国，清末民初很多著名学者如刘师培、章太炎等均一度相信此说，认为华夏文明源自两河流域，汉字发端于楔形文字。[1] 德力驰认为希伯来文明承袭自巴比伦，也明显有“泛巴比伦说”的影子。

德力驰认为古代苏美尔人就是雅利安人的祖先，认为《旧约》实乃巴比伦文明的翻版，因此将文化优先权从以色列民族手中夺走，这让犹太学者深感不安，纷纷指责他观点背后的反犹主义倾向。面对这样的谴责，德力驰感到非常委屈。但是，若考察他后来的学术轨迹，我们会发现他在 1902—1904 年的三次演讲中，确实埋下了危险的种子。到了 1920 年，德力驰出版《大欺骗》一书，直斥希伯来《旧约》的核心部分乃是后世的伪造，充满欺诳。他指出，古代以色列的上帝只偏爱以色列人，对于外族充满憎恨，这与基督教无差别、无等级

1 孙江，《重审中国的“近代”：在思想与社会之间》，社会科学文献出版社，2018 年。该书第 7 章《黄帝自巴比伦来？》即讨论这一话题。

的博爱，不可同日而语。他在书中总结道：

> 《旧约》充满各式的欺骗：乃是错误、不可信、不可靠数字的大杂烩……《旧约》经常将矛盾的细节甚至充满矛盾的整段故事、非历史的虚构、传说和民间故事混合在一处。一言以蔽之，这是一部充满有意和无意欺骗的书，有些是自我欺骗，是一部非常危险的书，使用时必须格外小心。我重复一下：《旧约》各卷……在所有方面都是一部相对晚出、模糊不清的材料，从《创世记》的首章一直到《历代志》末章，都是一部有宣传目的的文献。[1]

《旧约》既然是充满谎言的宣传，那么将《旧约》作为神学研究的对象，就应该被废止。德力驰主张，《旧约》应该完全交予东方学研究和宗教史这些世俗学科，而且神学系学生无需学习希伯来文，因为完全是浪费时间。德力驰这一看法，完全承袭了德国宗教界自路德开始的对《旧约》的贬低和批判，后来纳粹试图从德国文化生活中清除《旧约》和犹太影响，也可部分视为

---

1 转引自 Emile G. Kraeling, *The Old Testament since the Reformation* (New York: Schocken, 1969), p. 151。

这一思想传统产生的政治灾难。[1]

回顾德力驰引发的这场争论，我们发现，考古领域里的大国争霸，是其国际政治背景。亚述学获得独立的学科地位，“泛巴比伦说”在年轻一代亚述学家中风行，这可算作争论爆发的学术和思想基础。德力驰被裹挟进一场毫无预兆的舆论风暴，使得这场争论似乎带有偶然性。平心而论，德力驰在第一讲中，抬高巴比伦来贬抑《圣经》的想法，虽有暗示，却无明确表露。直到他被激怒，在第二讲中施出杀手锏来重创对手，他的观点才得到强化。如果《旧约》的核心故事来自巴比伦，那么《圣经》的源头就不再是上帝的昭示，而是历史远比犹太民族更为悠久的另一民族。换言之，《旧约》的源头不再是神，而是人。《圣经》也就不是神启的记录，而是多神教神话的改版。

不管“巴比伦与《圣经》”这场争论的背后有多少复杂的因素，德力驰毕竟以尖锐的方式提出了一个尖锐的问题。巴比伦和希伯来这两个传统，孰先孰后，孰优孰劣，谁是原创，谁是模仿？为回答这个问题，各方学者依照自己信仰和宗教情感的强弱，依照各自的专业和治学方法，给出了大相径庭的回答。拉丁教父

---

1 可参考拙著《古典的回声（二集）》（浙江大学出版社，2016 年）中《纳粹神学家有罪吗？》一文。

德尔图良（Tertullian）在2世纪提出过一个著名的问题——“雅典与耶路撒冷何干？”（Quid ergo Athenis et Hierosolymis?），凝练地表达了早期基督教与古典文化之间的冲突。而德力驰实际上把这个问题改换为“希伯来与巴比伦何干？”，来追问《圣经》与美索不达米亚文明之间的关联。只不过，德尔图良的问题是个反问句，他的回答是：教会与学园无关。基督教或许已经成功解决了与希腊罗马文化之间的关系，雅典和耶路撒冷之间早已停战。但巴比伦与希伯来之战，对于1903年的德力驰来说，却刚刚开始。

（本文最初刊登于2018年8月21日《澎湃新闻·上海书评》，因体例所限，省去了注释。编入此部文集，文字有增补，并加入了原有的注释。）

量身定制的文物作伪：《耶稣之妻福音书》

《大西洋月刊》(*The Atlantic Monthly*)创刊于1857年，是美国老牌的文化思想杂志。从2003年开始，该刊改为每年10期，名字中也就摘掉“月刊”一字，直接叫*The Atlantic*。这本杂志2016年7/8月号刊登了记者埃瑞尔·萨巴尔（Ariel Sabar）撰写的长篇调查，证实了所谓《耶稣之妻福音书》(*The Gospel of Jesus' Wife*)乃是伪造，就此结束了一场持续四年的学术争议。萨巴尔自始至终跟踪这一事件，早在2012年就为*Smithsonian*杂志第11期写过报道。[1] 虽然他对争议所涉及的学术问题都有深入了解，但两篇报道均面向公众，对学术层面不可能着墨太多。因此，有必要对这一最新的文物造假案做一点学术补充。

整个事件始于2010年7月9日。这一天，哈佛大学神学院的凯伦·金教授（Karen L. King）收到一封邮

1 萨巴尔发表在《大西洋月刊》的文章，链接见：http://www.theatlantic.com/magazine/archive/2016/07/the-unbelievable-tale-of-jesus-wife/485573/。他为Smithsonian杂志所写的报道，链接见：http://www.smithsonianmag.com/history/the-inside-story-of-a-controversial-new-text-about-jesus-41078791/。

件。发邮件者称自己收藏古代写本，藏品中有一件早期福音书的残片，似乎记载了耶稣和门徒关于抹大拉的玛利亚的争论。“玛利亚”是极常见的犹太女性名字,《新约》中提到叫玛利亚的女性计有 10 人。当然，最著名的是耶稣的母亲和抹大拉的玛利亚（Mary Magdalene）。这位来自抹大拉（Magdala）的女子，在四福音中是颇为抢眼的人物。耶稣受刑时，她就在现场，耶稣复活后又最先向她显现。在未收入《新约》正典的早期基督教文献中，玛利亚经常与其他地位尊崇的男性门徒并称，至少有两部书都称她是耶稣最钟爱的门徒。但公元 4 世纪之后，西方教会开始将福音书其他段落中提到的“女罪人”和与人通奸的女子，叠加到这位女性使徒身上，造成中世纪普遍将抹大拉的玛利亚看成一位从良的妓女和悔改的罪人。20 世纪 90 年代以后，这位饱受屈辱和冤枉的女圣徒，得到了女性主义学者的强烈关注。后面会看到，金教授就专门研究过一部以玛利亚命名的福音书。

金教授与这位藏家素昧平生，担心有诈，所以没有贸然跟进。谁都知道，如今是民科和骗子横行的时代。特别涉及古代文物，有人企图借重名校的光环来提高藏品的价值，这不是什么新鲜事。时隔一年之后，到了 2011 年 6 月底，这位藏家又发来邮件，称有欧洲买家有意出高价购买自己手上的残片。但他不想让这件藏品就此湮没在私人收藏之中，想在出售之前，先咨询一家知名的收藏机构，或者等到有学者整理出版之后再出售不迟。也许因为藏家的执着，金教授这次将警惕的阈值调低，决定认真研究一下邮件附件中的图片。这一看可不要紧，她觉得这是即将改变基督教历史的惊人发现。

“耶稣对他们说：‘我妻子……’”

这件文物是一张写有古代科普特文的纸草残叶，大约 4 厘米高、8 厘米宽，尺寸略小于普通名片。科普特文（Coptic）是公元 1 世纪到 5 世纪通行于埃及的书写文字。古代埃及除了最古的象形文字之外，在纸草上用“僧侣体”（hieratic）抄写文字。第三种字体，称“世俗体”（demotic），用于日常文书的书写。但这三种字体均非常繁复，图画和符号甚多。到罗马晚期，公元 2 世纪左右，书手开始启用希腊字母，加上少量俗体字母，便形成科普特文。在埃及，几乎只有早期基督徒才使用科普特文，因此以科普特文抄写的文本绝大多数都是基督教文献。这张残叶的正面有 8 行文字，但由于残叶是从更大的纸草叶子上截取的断片，所以每行文字均不完整。依照整理者的英文译文，大意如下：

1]“非对我。我母亲给我生命……”

2] 门徒对耶稣说……”

3] “拒斥。玛利亚不配……”

4]…… 耶稣对他们说：“我妻子……

5]…… 她可以作我的门徒……

6] 让邪恶者骄傲……

7] 至于我，我与她在一起，为了……

8]…… ……。形象……

背面几行，只有零星几个字可以辨识，此处从略。

残叶上最触目惊心的，自然就是耶稣口中说出的“我妻子”。若残叶为真迹，这便是今存古代文献中唯一明确提到耶稣有妻室的段落。金教授也据此将这张残叶命名为《耶稣之妻福音书》。其实，原书是否有标题、标题是什么，都不可知。所谓“耶稣之妻福音书”，只是整理者自拟了一个抢眼的标题而已。

经过几个月的研究和思考，金教授给这位藏家回了邮件，要求必须亲眼看原件，才能进一步鉴定。2011年12月，这位神秘的藏家来到哈佛，将残叶交到金教授手上。金教授的专业是早期基督教历史，并不精于纸草学和古文书学。她随即咨询了几位专业纸草学家，特别是美国纸草学的头号权威巴格诺尔（Roger Bagnall），因为他在辨别古代写本的真伪以及断代方面以保守和持重著称。金教授从各方都得到了肯定的答复：残叶上抄写的文字，虽并非出自第一流的职业书手，但文物的真实性无疑义，抄写年代可定在 4 世纪下半叶。有了专家的支持，金教授吃了一颗定心丸。2012 年 9 月 18 日，在罗马举办的世界科普特文研究大会上，金教授宣布了这一重大发现。在发布会现场，只允许一位媒体记者参加，他就是一直跟踪报道此事并在《大西洋月刊》上最终揭露作伪的萨巴尔。

2014 年 4 月出版的《哈佛神学评论》刊发了金教授长达 29 页、布满 120 条脚注的论文，题为《"耶稣对他们说：'我妻子'……"：新发现的科普特文纸草残叶》。[1] 看标题，突出的依然是耶稣的婚姻状况，颇具轰动效应。这篇精心撰写的论文，曾遭一位匿名评审反对，险些遭退稿。《哈佛神学评论》又找了第三位评审，才勉强过关。金教授在论文中提供了科普特文的录文和翻译，对所涉及的历史和宗教问题做了阐述，并对学界的怀疑做了简短的回应。她认为这篇对话很可能创作于 2 世纪下半叶，虽不能由此简单地推断历史上的耶稣确与玛利亚成婚，但至少能反映出早期教会内部对于婚姻和女性地位，存有争论。按金教授的解读，残叶上的耶稣既说母亲给予他生命，又说妻子玛利亚可以作他的门

1 Karen King, " "Jesus said to them, 'My wife...'": A New Coptic Papyrus Fragment", *Harvard Theological Review* 107.2 (2014), pp. 131-159.

徒，那么这篇福音书等于宣告：为人母、为人妻的女性都可以成为耶稣的门徒。这篇对话的要旨，在于论证女性完全可以成为有权威和领导权的使徒："早期教会中有人认为独身守贞高于婚姻和生育，将禁欲视为成为门徒的必要条件，而《耶稣之妻福音书》意在回击这些观点"。[1] 所以，从残叶上的只言片语中，金教授听到的，是伸张女性使徒权利的呼声。

其实，金教授早在2012年9月接受萨巴尔的采访时，就提了几个问题："为什么只有记载耶稣独身的文献保留了下来？为什么所有记载耶稣与抹大拉的玛利亚有亲密关系或者曾经结婚的文献，都没有保留下来？这是百分之百的巧合吗？还是说，因为独身后来演变成基督教所奉持的理念？"金教授这篇高度专业化的论文，论证的就是耶稣最早的追随者并不以婚姻为耻，而且女性是与男性并驾齐驱。这个观点完全符合金教授既往的研究和一贯的思想倾向。

《玛利亚福音》："为何不选我们，却选中她？"

凯伦·金从1997年开始执教哈佛神学院，此前的学术发表不算太多。2003年，她出版了两本专著，一

1 King, "A New Coptic Papyrus Fragment", p. 152.

本是对《玛利亚福音》的译注和阐释，题为《抹大拉玛利亚福音书：耶稣与第一位女使徒》。另一本《何为诺斯替?》是从学术史角度梳理和辨析“诺斯替派”这一概念以及隐含的问题。[1] 其中第一本与《耶稣之妻福音书》的关系尤其密切，所以这里着重介绍一下。

早期基督徒的撰述甚多，但进入《新约》正典、被教会认可的文本则有限。2 世纪和 3 世纪的护教作家，经常猛烈抨击“异端”的著作。当时有不少正典之外的福音书也在流传，这些书往往假托某位使徒之名，但内容却未必尽合后来的正统神学。《玛利亚福音》就是这样一部书。

1896 年，德国学者卡尔·莱因哈特（Carl Reinhardt）在埃及购得一部纸草册子本，里面有多部用科普特文抄写的文本，都是《新约》正典之外的基督教文献，包括《玛利亚福音》《约翰启示录》和《彼得行传》等。其他文本都保存完整，只有《玛利亚福音》是残本，最前面阙 6 页，中间阙 4 页。后来，在埃及又相继发现了这部福音书的希腊文残篇，文字与科普特文本大体重合，只是字句间或不同。所以，目前我们既有篇幅较长的科普特文本，也有两个 3 世纪的希腊文残篇，证

1 Karen L. King, *The Gospel of Mary of Magdala: Jesus and the First Woman Apostle* (Santa Rosa, California: Polebridge Press, 2003); *What Is Gnosticism*? (Cambridge, Massachusetts: The Belknap Press of Harvard University Press, 2003).

明此书原来用希腊文写成，后被埃及基督徒译成科普特文。所以，这部经外福音的真伪是没有异议的。[1]

《玛利亚福音》前面阙 6 页，现存的文本开始之时，耶稣和门徒讲道完毕，临别之际，叮嘱他们要向世人传道。从上下文分析，应当发生在耶稣复活之后。耶稣离去，门徒心中愁苦，放声大哭，相互言道："我们如何去外面，向世人传天国的福音呢？若他们不曾放过他，又焉能放过我们？"门徒担心会像耶稣那样送命，明显流露出胆怯之意。而就在此时，玛利亚挺身而出，出言安慰众人。而耶稣的首徒彼得说："姐妹，我们知道主爱你胜过爱所有女子。告诉我们你记下的、主所说过的话，那些我们不曾听闻到的话。"既然彼得邀请，玛利亚也就不客气，直接答道："那些不让你们知晓的事，我来传给你们。"（6:1−3）随后，玛利亚转述了耶稣曾单独向她揭示的秘义。耶稣屏开众人，对她详细解释了灵魂上升、最终得到安宁的全过程。在耶稣展示的图景中，人类的灵魂向高天飞升，中途遭遇四重魔力，每到一关，就有守关的邪魔向它发问。灵魂圆满回答了所有闯关的问题，显示自己并没有受到肉身的蒙蔽和污染，并凭借自身的智慧战胜诸邪。

1 《玛利亚福音》的英文译文，在常见的诺斯替派文献汇编中都可以找到。比如，Marvin Meyer (ed.), *The Nag Hammadi Scriptures: the International Edition* (New York: HarperOne, 2007)，第 737—754 页。这一版的英译者正是凯伦・金。

玛利亚向众位门徒慷慨地分享了得自耶稣的秘传，不料却引来一场风波。彼得和安德烈都质疑玛利亚的叙述。安德烈认为玛利亚转述的道理颇为怪诞，不信出自耶稣。彼得则一下戳中“性别政治”的大问题：“他果真和一位女子私下说话，不让我们知晓？我们焉能转而听从她？他没有选中我们，却选中她？”玛利亚愤而斥责彼得的偏狭。门徒中唯有一人站在玛利亚一方，批评彼得性情暴躁。这部福音书即终结于此。

古代写经的惯例，是将标题写在书后的题款里。在1896年购得的科普特文写本中，“玛利亚福音”几个字就写在正文结尾，可见此书从古代就有这个标题。这部经外福音书在阐扬教义的部分，颇符合诺斯替派的主流思想，比如灵魂飞升、对肉身的厌弃，都是常见的诺斯替派主题。但是20世纪80年代以来吸引学者的，是书中对女性使徒的刻画。当男性弟子一个个垂头丧气、失魂落魄之时，玛利亚却以强者的形象出现，力挽狂澜，还将耶稣对她单独传授的秘义向其他门徒昭示，俨然代耶稣给弟子说法。

彼得最初询问玛利亚，语气尚友好，至少承认她是耶稣最钟爱的门徒。但玛利亚一旦提到“那些不让你们知晓的事”，则两人之间便产生一道鸿沟。玛利亚是耶稣单独拣选出、授以秘传的心腹弟子，而彼得则被隔绝在核心圈之外。因此他才与安德烈联手，暗示玛利亚捏造耶稣的遗说，以抬高自己的身份。这部福音书中，玛利亚更像真正的使徒，既得了耶稣的秘传，又有临危不惧的胆识和气魄。所以金教授非常推崇这部福音，正因其对女性角色的重视、对女性使徒的推崇。在这部译注的结论部分，金教授说《玛利亚福音》要证明的是：

> 女性的领导权，若建立于坚固的信仰、灵妙的参悟、道德力量以及传播福音和救助他人的信念，便是正当的。这些都是男性领导权所要求的同样的品质。[1]

这部福音书之所以可贵，是因为教会的权威并没有为男性所独揽，像玛利亚这样有“灵知”和决断的女性，不仅与男性使徒平起平坐，甚至还可以点拨、开示他们。这对于后来正统教会的规定，即唯有男性能担任主教和教士、女性被摈弃在教会领导层之外，当然是一种挑战。

金教授认为《玛利亚福音》可能写成于 2 世纪，但其中的观念或可回溯到 1 世纪。[2] 这就是说，早在基督教形成的初始阶段，女性信徒已经关注教会领导权的归属，关注女性在教会机构中的权利和权威。这样的性

1 King, *Gospel of Mary of Magdala*, p. 187.

2 King, *Gospel of Mary of Magdala*, p. 41.

别政治话题，恰好也是《耶稣之妻福音书》残叶所触及的。由此可见，作伪者并不是漫无目的地抛出诱饵，静候愿者上钩。相反，他是瞅准了目标，做足了准备，因为他熟悉当下的学术走向，他知道金教授研究过什么，急缺哪方面的证据。

《新约研究》的辨伪专刊

从 2012 年 9 月金教授正式宣布发现了所谓《耶稣之妻福音书》开始，各国学者便纷纷在网络上表达怀疑。反对的声浪用“汹涌澎湃”来形容，毫不为过。到了 2015 年，终于有“核心期刊”将网上的辩难落实为纸上的论文。剑桥大学主办的《新约研究》（*New Testament Studies*）第 61 期集中刊发了 6 篇约稿，从方方面面来论证这张残叶乃是伪造。出版这样的辨伪专号，对于《新约研究》这个级别的期刊，是破天荒第一次，这算得上是西方学术界一次大规模的协同作战。[1]

---

1 这六篇同一期刊出的论文分别是：Simon Cathercole, “The *Gospel of Jesus' Wife*: Constructing a Context”, *New Testament Studies* 61 (2015), pp. 292-313; Christian Askeland, “A Lycopolitan Forgery of John's Gospel”, pp. 314-334; Andrew Bernhard, “The *Gospel of Jesus' Wife*: Textual Evidence of Modern Forgery”, pp. 335-355; Myriam Krutzsch and Ira Rabin, “Material Criteria and their Clues for Dating”, pp. 356-367; Christopher Jones, “The Jesus' Wife Papyrus in the History of Forgery”, pp. 368-378; Gesine Schenke Robinson, “How a Papyrus Fragment Became a Sensation”, pp. 379-394.

这6篇文章的作者来自不同学科，所以提出的质疑涵盖了多方面的问题。比如，纸草残叶上那寥寥几行残破的文字，被证明几乎全部取自《多马福音》唯一存世的科普特文抄本。作伪者将《多马福音》中相关文句按照自己的需要辑出，重新排列组合，所以残叶上的文字不过是旧文的拼合。这是从文本来源方面的质疑。[1] 更加脚踏实地的研究，是对纸草的材质、书写的油墨这些物质方面的分析。此前，哈佛的 J. M. Azzarelli 教授等人曾对残叶进行过红外光谱显微镜观察，他的报告与金教授的论文一起登载在《哈佛神学评论》上，其结论是：纸草的材料为纤维质，残叶有氧化的痕迹，不同于现代纸草。氧化的原因很难确定，可能因为年代久远，也可能因为特殊存放条件所致，或者还有不为我们所知的其他因素。而这一次，《新约研究》邀请了两位德国学者再次检测纸草的物理特征，结果发现，此前的检测报告，看似科学，但细究起来，唯一能证明的就是残叶的材质为纸草。[2] 而此点根本无需证明。哈佛的检测者并未将氧化与年代古远画等号，只是暗示此点。根据两位德国学者的重新分析，如果取来一片故意做旧的纸草，也能得出同样的实验结果。他们认为，更严格的

1　见 Andrew Bernhard 的论文。

2　见 Myriam Krutzsch 和 Ira Rabin 合写的论文。

检测，应当拿一片做旧的现代纸草，来作为残叶的实验对照。所以此前哈佛科学家的检测不够到位，对残叶的真伪和年代鉴定，所起的作用非常有限，因为作伪者当然不会傻到直接拿仿制的现代纸草来冒险。另外，对书写所用的油墨进行鉴定，也仅仅证明了所使用的乃是碳煤烟墨（carbon lamp black ink）。但依照古代配方、依古法制成这种墨，也并非难事。所以，此前的“科学鉴定”其实并不科学。

在这 6 篇论文中，专业性不强、普通读者也能读懂的是最后两篇。其中以哈佛大学古典系克里斯托弗·琼斯教授的文章最为有力。琼斯借鉴了几个近代被揭穿的作伪骗局，揭示出与眼前这桩案子的相似之处。他举了 19 世纪一个著名案例，当时的作伪高手希摩尼德（Constantinos Simonides）用别人托付给他的古代纸草，来伪造新文本。他有时洗刷掉纸草原件上原来的文字，有时利用纸草背面无字的部分，而将正面文字涂至不可辨识。希摩尼德为了得到大张的空白纸草，还会将不同时代的纸草粘合在一起。所以在纸张方面做手脚早就有先例。琼斯教授又举一例，说明作伪者的才智和学术水平不可低估。1954 年，一位剑桥学者公布了一件写有希腊文的陶片，他认为这是公元前 411 年阴谋推翻雅典民主政体的密谋者所传递的情报。这位剑桥学者断然排除了这块陶片有伪造的可能，因为能刻写出古希腊文，再高明的作伪者也绝难胜任。但短短几个月之后，法国的铭文学家就证实，陶片上的文字乃是抄自业已整理出版的古代铭文集。可见，通古希腊文的骗子也颇有其人。

琼斯由于熟悉近代文物造假的案例，所以看出这张残叶集中了作伪的几个典型特征：文物来历不明；与当代的争论和热点问题高度契合；字体不够专业；文字内容来自已经公布的出土文献。其中，他尤其注意文物的来历：

> 最难伪造的，恐怕就是文物的来历（provenance）。作伪者可以改动文件或者实物，但无法改变既往的历史。因此，作伪者经常在文物的来源方面露出马脚：比如如何建立能完好回溯到来源的证据链（地点、拥有者、文件记录）。[1]

就是说，你可以制作赝品，但你无法严丝合缝地捏造出发现或者购买的完整过程；你可以伪造古代历史，却很难伪造当代历史。

另外，造伪者将假文物的讯息向谁透露、何时透露，都是精心选择的。某一时代特殊的学术潮流，会让造伪者挑选最适当的靶子人选，这是文物造假能得手的

---

1 Jones, "The Jesus' Wife Papyrus in the History of Forgery", p. 374.

一个法宝。琼斯的猜测是：

其他人已经提出，作伪者意在利用当前针对教会事务中女性地位的争论，有人甚至怀疑女性主义学者，特别是凯伦·金，是否被作伪者挑中成为靶子。作伪的目的，或者是找到感兴趣的个人或者机构以便出售其藏品，或者更加恶毒，想把他设计的骗局变成一枚炸弹，一旦被揭穿，就会彻底毁掉某一派学术研究（也许是机构）的名声。[1]

后面发生的事证明，金教授果然中计，成为这场陷阱的牺牲品。

在这场风波中，金教授和哈佛神学院与媒体紧密配合，有意无意制造了轰动效应，这在琼斯教授眼中，是极端违背学术原则的。身为哈佛教授，琼斯最后严厉批评了本校的神学院，说了一句重话："在对纸草进行严格的科学检测之前，就同意与商业媒体公司合作，这在伦理和策略两方面都是错误的"。[2]

另一位美国学者罗宾逊（Gesine Schenke Robinson）对于这件残叶的出处以及卖家提供的证明文件更进一步

1 Jones, "The Jesus' Wife Papyrus in the History of Forgery", p. 377.

2 Jones, "The Jesus' Wife Papyrus in the History of Forgery", p. 378.

提出详细的质疑。她敏锐地注意到，曾证明残叶内容的两位德国学者均已去世。卖家提供了两封证明信，但只是复印件的扫描件。其中一封是手写的短札，出自柏林自由大学一位埃及学家之手，证明他曾看到残叶，其中耶稣提到他的“妻子”。另一封则是另一位埃及学家用打字机打出的短信。罗宾逊认为这些支撑文件存在种种疑点，不可信据。她建议去检查信件的原件，特别是信纸是否有官方抬头，以确定是否被人做了手脚。[1]

记者萨巴尔想必仔细读过这些论文，因为他的报道中就曾引用琼斯的文章。他采用的调查策略，也正是琼斯和罗宾逊给出的建议——从藏家的身份和残叶的来历入手。他以记者的干练加上侦探的敏锐，对文物买卖和转手的文契展开调查，终于找出了躲在幕后的藏家。

作伪者与辨伪者的斗法

萨巴尔探案的详细过程，读者可参看《大西洋月刊》的文章。我只就几个关键细节以及最后的调查结果，做一点概括。主动找上金教授的藏家不愿对外公布身份，只说残叶是 20 世纪 90 年代从德国人劳坎普（Hans-Ulrich Laukamp）那里购买的。所以萨巴尔就从

1 Robinson, “How a Papyrus Fragment Became a Sensation”, p. 393.

这位已不在人世的劳坎普身上入手，查到当年他在美国注册的公司，然后顺藤摸瓜，又查到与他有过生意往来的德国人弗里茨（Walter Fritz）。调查的详情从略，这里只提一个证据，应足以证明这位弗里茨有重大嫌疑。早在 2012 年 8 月，也就是金教授在罗马正式披露《耶稣之妻福音书》之前一个月，弗里茨就先知先觉地注册了 www.gospelofjesuswife.com 这个域名。所以萨巴尔基本锁定了弗里茨，并立即登门采访。

弗里茨宣称，自己 1999 年从劳坎普那里购得这片残叶，而劳坎普是在 1963 年在波茨坦一次性购买了 6 张纸草残片。萨巴尔于是不远万里，赶赴德国，将劳坎普的身世查了个清清楚楚。调查发现，此人最高学历是初中毕业，热心收藏古代科普特文的写本，很不符合他的教育程度。而且他的亲朋好友从不知道他曾有如此高雅的嗜好。另查劳坎普的档案，他原本生活在东德的波茨坦，根据 1963 年的移民文件，他于当年 10 月偷渡至西德，当时只穿游泳裤，未携带任何其他物品。难道劳坎普费尽千辛万苦、成功偷渡之后，又会冒着掉脑袋的危险再游回波茨坦、仅仅去买几张自己也看不懂的古代写本残叶吗？所以，弗里茨声称劳坎普最先买下这张残叶，这一点可坐实是他的杜撰。

萨巴尔随后将调查的重点放在弗里茨身上，细查他的经历，发现他从前竟是一位学术人！原来弗里茨在上世纪 90 年代初，曾是柏林自由大学埃及学专业的硕士研究生，学习过科普特文。1991 年，他甚至在德国学术杂志《古埃及文化研究》上发表过专业论文，所以完全具备作伪的学术准备。而前面提到的两封德国教授的证明信，也被萨巴尔彻底查清。按照琼斯教授的说法，作伪者或许能伪造古代文献，让人不易判断真伪，但伪造现代契据，则更容易查证。萨巴尔评论道：

> 写本是一个物件，要想以假乱真，你需要的不过是好的工具和材料。但文物的来源出处（provenance）却是历史事实：由日期、地点、买家、卖家所组成的链条构成。若想伪造出处，你必须重写历史，而且经常是最近的历史。[1]

弗里茨提供的两封德国教授的证明信，一封是手写，一封是打字机敲出的（二人都已去世）。萨巴尔细检据说是孟罗教授（Peter Munro）1982 年的德文信，并从孟罗的友人那里查看了这位教授生前用打字机打出的信件。萨巴尔发现，孟罗在 1980 和 1990 年代大量使用德文字母 ß，而弗里茨所提供的扫描件中，凡是应该

1　Arial Sabar, "The Unbelievable Tale of Jesus' Wife", *The Atlantic*, July/August 2016, p. 76.

使用 ß 的地方，都代之以两个普通的字母 s。这可以证明，这封号称出自孟罗的信，或者是在非德文的打字机上敲出的，或者是写于德国 1996 年拼写方案改革之后。这封号称写于 1982 年的打字稿，是不可能在 80 年代的德文打字机上写成的。

以上仅举出萨巴尔打假活动中的几个精彩细节，说明弗里茨所提供的所有旁证都破绽百出，驴唇不对马嘴。萨巴尔从文物的来源入手，不仅锁定了一直隐身的弗里茨，而且还证明他所提供的这张残叶的流通轨迹，完全是捏造的。如此一来，这位精明强干的记者就从学术之外的角度，证实残叶乃是伪造的赝品。

其实，金教授本人早已充分意识到伪造文物的可能性。只是残叶中所透露的信息与她的研究惊人地契合，诱惑太大，难以做到慎之又慎。在她发表在《哈佛神学评论》上的论文中，她提到这片纸草残叶的出处不详，但鉴于小幅科普特文纸草残片的来历，经常不为人所知，所以这不能算是不同寻常，对于年代鉴定也不起决定性的作用。[1]

随后，她又指出如此高端的作伪，可能性微乎其微，因为对于伪造者的学术要求实在太高了：

1 King, “A New Coptic Papyrus Fragment”, p. 157.

> 对我来说，最大的困难在于如何解释一个科普特文水平低微、书写技术差劲的作伪者，竟能娴熟地得到古代纸草、用古代技术制成墨、在细微处能让墨迹保持不乱、制造纸张老化的迹象、伪造出一系列现代支撑文件，还能与古代历史情境严丝合缝……[1]

金教授所举出的这一系列难题，的确不是常人能一举解决的。但不幸的是，万分之一的可能性竟然真的存在。原来世间真有一人，恰恰能满足所有这些苛刻的条件：弗里茨受过科普特文的科班训练，在知名学术期刊发表过专业论文，对于早期教会史的研究走势一清二楚。他得过建筑学的专业学位（擅长美术），制作过仿古字画在网店上拍卖，而且古代纸草可以在网上轻易购得，使用古代配方也可以制成有别于现代的油墨。如果弗里茨读过金教授这篇广征博引的论文，如果他读到刚刚引用过的这一句，他心里一定会说："别人不行，但我行。"

《耶稣之妻福音书》这桩案子，已基本可以定谳。这个故事的寓意是显而易见的。对于急于证成己说的学者，这张来历不明的科普特文残叶，无疑是天赐良机。

---

1 King, "A New Coptic Papyrus Fragment", pp. 157-158.

这简直是想要什么，就来什么。

但万万想不到，对于阴险狡猾的作伪者来说——你要什么，我就给你造什么。

（本文发表在2016年11月7日的《澎湃新闻·上海书评》。此次结集，只补全了注释，文字有零星改动。）

『虽伪，亦真』：文物作伪案的更多隐情

2016 年，美国记者埃瑞尔·萨巴尔针对所谓“耶稣之妻福音书”的科普特文残片，做了彻底调查。他查实了这件号称制作于古代的纸草残片，实乃文物贩子沃尔特·弗里茨伪造的赝品，而哈佛神学院的凯伦·金教授轻易相信这是古代的真迹，还借此赝品发展出对早期基督教历史上女性地位的新解读。萨巴尔的报道轰动一时，基本结束了学术界有关“耶稣之妻福音书”长达四年的激烈争论。萨巴尔一鼓作气，将采访和调查所获得的全部资料，写成了一部 400 页的著作，在 2020 年出版。书的标题是《真相：哈佛教授、骗子和耶稣之妻福音书》（*Veritas: A Harvard Professor, A Con Man and the Gospel of Jesus's Wife*. Doubleday, 2020）。

Veritas 是拉丁文，有“真理”“真相”“真实”之义，同时也是哈佛大学的校训。与哈佛相关的读者看到这个标题，会觉得格外刺眼、扎心。这本书是萨巴尔对这件沸沸扬扬的文物作伪案侦破过程最详尽的记录，充分显示了他作为当代福尔摩斯、当代波洛、当代狄仁杰的探案功夫。为了将案子查个水落石出，萨巴尔采访了

450人，在美国跑了12个州，还去了6个其他国家，连金教授高中时去挪威交换的中学都走访了。因此，书中的内容要比《大西洋月刊》的报道详尽十倍。这一丑闻是对美国早期基督教研究“新浪潮”的极大讽刺，极富学术内涵。因作伪者不但是掌握古代写经工艺的匠人，更是深谙学术潮流的阴谋家，所以才能将知名学者玩于股掌之间。在我看来，萨巴尔的《真相》一书既是当代非虚构写作的力作，也是事关文物作伪和辨伪的一次惊心动魄的历险，更是当代学术史和掌故学最精彩的一则案例分析。

我在2016年写了《量身定制的文物作伪》一文（见本书第6篇，以下简称“前文”），主要根据萨巴尔在《大西洋月刊》的报道以及《新约研究》刊登的几篇论文。在读了2020年出版的《真相》一书后，我感到书中披露的大量资料有助于我们更透彻地了解这一事件。为了保持《量身定制的文物作伪》一文叙述的连贯，我决定将《真相》一书中与学术相关的内容单独辑出，作为对前文的补充和更新。凡是需要注出原书页码之处，我都在正文中随文注出，以便省览。我先要声明：这篇文章没有原创内容，只是对萨巴尔所采集到的重要信息予以摘录，以达到吕大年所说“替人读书”的目的。

凯伦·金的学术背景和哈佛教席

凯伦·金于1954年生于美国蒙大拿州的小城谢里丹（Sheridan），小时候在夏令营曾有一次福音派意义上的皈依体验，对于建制宗教一直存有怀疑。1973年入蒙大拿大学，选修了一门研究诺斯替派（Gnosticism）的课程。诺斯替派（又称“灵知派”）盛行于公元2世纪和3世纪，认为《旧约》中的上帝乃是凶暴、残忍的造物神，他造就了人世间的暴政和恶法。该派认为人的肉身肮脏而卑微，无足轻重，转而推崇智识上的开悟和灵性的解脱。1945年在埃及拿戈哈玛第（Nag Hammadi）一地出土了大批久已失传的诺斯替派文献，到1972年方出版影印本，逐渐开始有人系统研究。而此时的文化氛围正适合“诺斯替精神”的传播，因为60年代的激进社会运动开始消退，社会抗争逐渐为灵修、内省、追求内心安宁所替代。古代这种注重灵知的教派，与权力疏离，厌恶暴力，专注自我，对女性友善，这些都与70年代的时代精神极为契合（第46页）。凯伦·金在大学恰好碰到一位直接参与诺斯替派出土文献整理的年轻学者，因此人生的轨道就转向正典之外的早期基督教著作。

1977年，凯伦·金进入布朗大学攻读古代基督教史的博士学位。读博期间，曾有一年半时间在当时的西柏林交换。彼时冷战正酣，这位获得西德奖学金的美国女生，却不顾危险，每周独自进入东柏林向东德专家求教，这让德国老师印象颇深。1984 年她博士毕业，进入洛杉矶的西方学院（Occidental College）任教，一教就是十三年。1995 年，哈佛神学院发布招聘广告，聘请《新约》研究和古代基督教历史（含诺斯替派研究）的正教授。但是，凯伦·金的学术发表严重不足，因为她所在的文理学院注重教学，不看重发表。所以，当时她只有一篇期刊论文，以及少量文集论文、书评以及百科全书词条。博士毕业已过十年，她还没有撰写过专著。但哈佛将遴选期延长，结果帮了凯伦·金的大忙。她将自己的博士论文迅速修改，在自己参与集资成立的一家出版社（Polebridge Press）出版，结果 1997 年获得哈佛的聘任。凯伦·金虽然学术发表不足，但研究专长是早期基督教正典之外的宗教文本，而且熟悉复杂的女性主义理论。根据匿名的消息来源，她熟悉后现代理论，这在电影研究领域非常常见，在神学院却十分罕见，这使得她有能力以时尚的方式阅读古代文本（第 55 页）。凯伦·金之所以能够在哈佛神学院得到教职，还与当时神学院主事者的学术倾向密切相关，这方面我觉得还可以继续挖掘。

金教授之所以将“耶稣之妻福音书”一事制造成轰动事件，萨巴尔认为也与她的个人境况有关。2006 年，凯伦·金罹患癌症，先后经历了多次手术，忍受了身体的剧痛。2011 年，当藏家时隔一年之后再次试探她时，她已患病五年，期间未发表任何学术著作（第 21 页）。萨巴尔猜测，凯伦·金不顾多方质疑，急于求成，可能也是想凭借这个举世震惊的发现来重振自己的学术名声。这种急切，尤其表现在她在尚未向外界正式公布消息、尚未对残片进行科学鉴定之时，就自作主张，先行安排拍摄相关纪录片。2012 年 6 月 25 日，距离她在罗马正式对外公布还有近三个月时间，资深的纪录片制片人汉娜·维尔（Hannah Veale）向她了解学界最新动向，结果凯伦·金透露，自己手头刚好有惊世大发现："我在想，我可能中了大奖"。简单了解情况之后，制片人大喜过望，未作任何查证便对此发现深信不疑，当然是因为消息来源是哈佛神学院的讲席教授。此时，凯伦·金一再坚持，先不要通知哈佛的新闻办公室。后来，新闻办的工作人员说："如果凯伦征求我们的意见，我们会说：别拍！"（第 68 页）摄制组询问应该如何称呼这张残片，结果凯伦·金自己说："我觉得可以命名为'耶稣之妻福音书'。"（第 69 页）萨巴尔说，这样的命名方式，明显是针对好莱坞而设下的诱饵（a hook ready-made for Hollywood）。凯伦·金自己后来多次对媒体说，自己无意制造轰动效应，但是就连圈外人都看出了问题："如果金真的认为她的工作是将混乱和轰动减少到最低程度，为什么她还要取这样一个标题，来达到适得其反的效果呢？”（第 69 页）当纪录片开机时，凯伦·金尚未动手写学术论文，除了两三个亲近的同事，竟无一人审查过残片的原件，可见草率至极（第 79—80 页）。

前文提到，作伪者深知凯伦·金的学术偏好，知道她一直致力于在正典之外的福音书中挖掘早期基督教的真相。萨巴尔的《真相》一书，给出了更多的证据，说明骗子在挑选猎物时，的确目光如炬，算度深远。2003 年，丹·布朗的小说《达·芬奇密码》出版，全球范围内售出 8 千万册。小说中的人物就曾引用《腓力福音》（*Gospel of Philip*）和《玛利亚福音》。凯伦·金论《玛利亚福音》的专著，恰好也在同一年出版，题为《抹大拉的玛利亚福音：耶稣与第一位女性使徒》，出版社仍然是那家 Polebridge。当年 11 月，正当《达·芬奇密码》大卖之际，Polebridge 出版社聘请了专人负责推广凯伦·金的新书，为该书建立了单独的网站，还将这本书称作理解《达·芬奇密码》背景的参考书（第 63 页）。结果凯伦·金的学术专著第一个月即售出一万册，后续又售出 65000 册。因为该书与《达·芬奇密码》的联系，所以凯伦·金频频接受采访。在 2006 年《达·芬奇密码》的电影中，她还被列为顾问（consultant，第 64 页）。由此可见，借畅销小说的东风，在媒体上推广、销售自己的观点，这是她此前曾使用过的手法。

学界质疑与期刊盲审

前文主要对《新约研究》专刊上的辨伪论文做了介绍，但实际上自凯伦·金在 2012 年 9 月 18 日正式宣布这一发现当天，质疑的声音就不绝于耳。在世界科普特研究大会上，金教授刚刚宣读完论文，一位挪威学者便首先发问，对科普特文表示“妻子”的单词在残片上的搭配提出质疑。另有学者指出，《新约》中充满婚姻的比喻，比如教会以及耶路撒冷就经常被比作耶稣的新娘。所以，残片上与婚姻相关的用语，也可以象征教会，而不必一定指个人（第 95 页）。在场的学者看到残片的图片后，当即有人指出，残片上的字体丑陋，绝非抄经的工整字体。还有人指出，写有“耶稣之妻”的一行居中，不像从更大一页上随意撕下的，更像有人在空白页刻意书写的（第 99 页）。由于质疑的声浪越来越高，已拍摄完毕的纪录片被无限期推迟播放。

发现科普特残片的消息正式宣布不到一周，萨巴尔采访了普林斯顿大学的伊莱恩·佩格斯教授（Elaine Pagels）。她是美国研究诺斯替派的著名学者，1970 年代写过畅销书《诺斯替福音》，在学术旨趣方面是凯伦·金的同调，而且二人还合写过介绍《犹大福音》的通俗著作。连佩格斯这位学术同道和前辈，都对金的解读严厉质疑，因为残片支离破碎，仅能见到只言片语，已经佚失的 99% 的内容我们完全不了解。佩格斯认为金将过多的个人意见读进如此少量的语词里："我不觉得这与抹大拉的玛利亚有关，甚至都不能确定耶稣就是发话者。"（第 105 页）布朗大学的科普特文专家列奥·德普伊特（Leo Depuydt）告知《哈佛神学评论》编辑部，残片的语言中有重大语法错误，说明抄写者不是一个能力低下的古代书手，而是一个只学过一学期科普特语法的现代人（第 105 页）。

后来为《新约研究》辨伪专刊撰文的安德鲁·伯恩哈德（Andrew Bernhard），在 2012 年 9 月 24 日就在网页上贴出短文。因为他注意到残片中的文字与《多马福音》非常相似，好像有人将《多马福音》的词句剪辑、拼贴，就像绑架人质之后发出的勒索信，用不同杂志上的字母拼凑而成一样。伯恩哈德自己检索，发现残片第一行就是将《多马福音》第 101 节进行删节，第二行更是明显使用了《多马福音》用语（第 114 页）。他怀疑作伪者的科普特文水平有限，必定参照了一本 interlinear translation，也就是每行原文下面都附有字对字翻译的版本。而网上能搜索到的此种行间翻译版本只有一部，是由民间爱好者格隆丁（Mike Grondin）制作、上传的电子版。波恩哈德稍作对比，就发现作伪者依赖的正是此本。由于作伪者用英文思考，将英文对应的科普特单词原封不动地抄上，没有意识到原文中这些词与相邻词会有语法上的粘连和配合（第 123 页）。2012 年 10 月，伯恩哈德写了 15 页的文章，被其他学者贴在博客上，后来英国的《卫报》还报道了这个发现。在凯伦·金正式公布之后 23 天，没有博士学位、也不在大学任教的伯恩哈德，单枪匹马，就已找到了伪造文本的来源。

凯伦·金把精心撰写的研究《耶稣之妻福音书》的论文，投给了《哈佛神学评论》。投稿当天，主编就找罗杰·巴格诺尔（Roger Bagnall）担任匿名评审。前文已述，巴格诺尔是纸草学的权威，凯伦·金最初无法断定残片的真伪，第一位求助的便是此公（也就是本书第一章提到的对《册子本起源考》提出不同意见的巴格诺尔）。巴格诺尔当然建议论文尽快发表。巴萨尔查出另两位匿名评审，一位是耶鲁的本特利·雷顿（Bentley Layton），另一位是德国明斯特大学的斯蒂芬·艾梅尔（Stephen Emmel）。[1] 巴萨尔随即采访了雷顿。雷顿教授回忆自己看到残片图片的第一印象，说："我觉得很不对劲儿（something smelled bad）。"他回复编辑部的意见是：如果论文发表，会让《哈佛神学评论》处于非常尴尬的境地（第 286 页）。艾梅尔的意见最为负面，他

1　雷顿是研究诺斯替派的专家，曾编辑、译注过诺斯替派文献：*The Gnostic Scriptures* (Garden City, New York: Doubleday, 1987)。艾梅尔是在德国任教的美国学者，曾在《犹大福音》的发现和研究中扮演过重要角色。

曾参与《犹大福音》的鉴定工作，经验十足，所以他直接说这张残片是赝品。他当时给出的理由，已基本涵盖了后来集体打假时各方所提出的批评意见：残片的字迹拙劣、文句抄袭《多马福音》、提供书面证据的两位德国教授均已去世（第 287 页）。艾梅尔对论文作者（指凯伦·金）的评价很不客气，认为作者的科普特文知识有限，所以对残片上的文字没有产生怀疑。

《哈佛神学评论》在 2014 年 4 月刊发了凯伦·金的论文，同期还有 4 位科学家出具的简短的科学鉴定。其中一位名为斯瓦格（Timothy Swager）的化学家，乃是麻省理工学院的教授，但其学术专长并不是考古学。萨巴尔查出，这位斯瓦格教授竟然是凯伦·金的发小！二人小时候是邻居和朋友，而二人的父亲是好友。萨巴尔竟然采访到斯瓦格的母亲，她说儿子之所以同意参与鉴定，竟然是因为凯伦·金请他帮忙！（第 293 页）更有甚者，鉴定墨色的科学家居然是第一位匿名评审巴格诺尔的妹夫（第 295 页）。这两项鉴定都是给凯伦·金救场的，但是两位科学家实际上都与金教授或匿名评审有密切关系，按道理应该回避。

拯救神学院?

萨巴尔《真相》一书，不仅将当事人凯伦·金的学术偏好和对媒体的调动查得清清楚楚，最后甚至将部分原因追溯到大学的学科建制，由此可见作伪者之所以能够轻易得手，背后有多种因素在施加影响。简单来说，哈佛大学神学院在学科建制方面面临巨大压力。哈佛没有“宗教研究系”，很多与宗教相关的课程开设在神学院。但神学院的学术地位不高，学术权力有限。比如，它无权单独招收博士生，也无权设置本科生的宗教研究专业。哈佛虽设有“宗教研究委员会”，但成员的提名均由“人文与科学学部”（The Faculty of Arts and Sciences）决定，神学院老师只占委员会一半的名额。神学院唯一可以做主的是硕士项目，主要培养教牧人员，所以学术要求自然会降低。长久以来，学校里形成一种偏见：神学院的老师，水平不如“哈佛园”（Harvard Yard）里的教授。换句话说，大家普遍认为神学院的老师，如果来到“校本部”应聘，是无法找到教职的（第 305 页）。2006 年，历史学家福斯特（Drew Faust）任校长之时，哈佛在宗教研究方面的研究实力，已经落后于美国很多州立大学。因此，福斯特产生改组神学院的想法。

后来神学院爆发了一系列危机，若干位知名教授出走。他们抱怨神学院的教授仿佛哈佛里面的二等公民，而且抱怨学术和教牧工作分割不清。为此，福斯特校长聘请 6 位校外专家组成评估委员会，寻找对策。许多神学院教师认为，最终的解决方案是在“校本部”里面建立宗教学系，而委员会也认为只有单独建系，才能提升哈佛在宗教研究领域的学术实力。在这样的氛围中，神学院的地位持续滑落，甚至有些岌岌可危。但从 2012 年 1 月开始，校长助理开始释放信号，暗示评估委员会的工作可以告一段落了。萨巴尔仔细梳理时间线，发现校长福斯特于 2011 年 10 月 13 日通知大家准备召集校外委员会开始评估，而两天之后，也就是 10 月 15 日，凯伦 · 金开始给作伪者弗里茨发邮件，表示对残片有兴趣（第 315 页）。12 月 14 日，当骗子弗里茨来哈佛会见金教授时，评估委员会正在神学院紧锣密鼓地访谈老师。而一年之后，2012 年 9 月 10 日，就在科普特文残片登上《纽约时报》和《波士顿环球报》头版头条的当天，福斯特校长正式宣布不采纳评估委员会关于单独建立宗教学系的建议。萨巴尔提了一个尖锐而意味深长的问题：“这件伪造品是不是拯救了哈佛神学院？”（第 316 页）

假如萨巴尔的推断有道理，那么凯伦 · 金重新联系残片的藏家，正是她自己所在的学术单位岌岌可危的时刻。“耶稣之妻福音书”的发现，不仅能让她个人重新回到学术圈的聚光灯之下，还能向哈佛和全世界证明：被众人诟病、学术声誉不佳、江河日下的神学院，完全有能力做出惊天动地的大发现，完全有能力让哈佛成为媒体关注的中心。让凯伦·金动心的可能正是这样一场豪赌。

“虽伪，亦真”

我在 2016 年读到萨巴尔发表在《大西洋月刊》的报道后，非常想知道凯伦·金的反应。《真相》一书满足了我这方面的好奇。2016 年 6 月 15 日，萨巴尔的报道先发布于《大西洋月刊》的网站上。凯伦·金第二天在电话里对萨巴尔说：“这让天平向作伪这种可能性倾斜了。”（第 260 页）这样的措辞，说明她对萨巴尔的调查结果仍然有保留。凯伦·金表示，即使有关残片来源的信息都是编造的谎言，即使沃尔特·弗里茨的确伪造了这件残片，“理论上说”，残片仍有可能为真（第 262 页）。坦率说，我实在读不懂这里的逻辑。从前文可以看到，萨巴尔已锁定了造伪者，但凯伦·金仍不肯痛快地承认自己的判断失误。布朗大学的德普伊特教授在接受《波士顿环球报》采访时说：“我看到金仍然留在哈佛，简直难以置信。”也有人为她辩护，认为这不是有意的不端行为。哈佛方面没有采取什么严厉的措施。到了 2019 年，当 65 岁的凯伦·金达到允许退休的最早时间点，她才开始办理逐步退休的手续。

2016 年《大西洋月刊》的报道刊出之后，凯伦·金还在抱怨：学界对于残片真伪的过度关注，让大家偏离了残片上的文本所关注的真正主题！萨巴尔在书中提到（第 329 页），有读者曾刻薄地总结凯伦·金的逻辑，那就是："虽伪，亦真（fake, but accurate）"。我读到这句，不觉哑然失笑。不妨翻译一下：文物是伪造的，但伪造的古代文献上所包含的信息却是真实的。这句话足以说明宗教研究领域的激进学说和后现代理论，真的已经抵达罔顾事实、不计真伪的超脱幻境了。

萨巴尔一共采访过凯伦·金六次，总时长超过 6 小时。2016 年 10 月，萨巴尔告诉凯伦·金他在准备这部书稿，并多次提出再次采访的要求。但金教授从此不再有任何回复。

（本文发表于 2022 年 8 月 9 日的《澎湃新闻·上海书评》。）

肖斯塔科维奇的《见证》

1989 年 9 月，我攥着父母单位发的购书票，在北京西绒线胡同的“内部书店”，买到了《季米特里·肖斯塔科维奇回忆录》。这部书根据 1979 年出版的英文本《见证：季米特里·肖斯塔科维奇回忆录》（*Testimony: The Memoirs of Dmitri Shostakovich*）译出，由外文出版局《编译参考》编辑部于 1981 年出版。[1] 而这个英文本，则是根据所罗门·伏尔科夫（Solomon Volkov）记录并整理的俄文本翻译的。

我中学时开始听肖斯塔科维奇的音乐，回想起来，原因有很多。可能因为他饱受斯大林的迫害，而少年人的正义感一般比较饱满，所以会对受害者格外同情。也可能是看到他多张眉头紧锁、面容阴郁的黑白照片，在

1 《季米特里·肖斯塔科维奇回忆录》，所罗门·伏尔科夫记录并整理，叶琼芳译，卢佩文校，外文出版局《编译参考》编辑部，1981 年。英文书名为《见证：季米特里·肖斯塔科维奇回忆录》：*Testimony: The Memoirs of Dmitri Shostakovich*. As related to and edited by Solomon Volkov, translated by Antonina W. Bouis (New York: Harper & Row, 1979)。我在下文中依据的英文版是《见证》25 年纪念版，由著名钢琴家弗拉基米尔·阿什肯纳吉作序，2004 年由 Limelight Editions 出版。这个纪念版的页码与 1979 年第一版完全一致。

视觉上受到绝大的冲击。当然，最主要的原因，就是想刻意听些旋律不能哼唱的现代音乐，以便向同学炫耀。总之，我决定：我要听肖斯塔科维奇，而且必须喜欢他。一开始当然听不懂，只有硬听。那时没有人指导，启蒙老师是上海音乐出版社 1981 年版的《音乐欣赏手册》。《手册》用“旋律剑拔弩张”来形容肖斯塔科维奇的音乐风格，于是我就按图索骥，听出了各种型号的“剑”和“弩”。

在这部回忆录中，作曲家本人现身说法，我所得到的音乐启示，又远非《手册》那几条可怜的词条所能比的。跳过伏尔科夫的序言，在回忆录第 1 页，我就读到这样的句子：“回头看，除了一片废墟，我什么也看不到；只有尸骨成山。”再往后读，“我的交响曲多数是墓碑”。按照肖斯塔科维奇的提示，我就陆续在他的交响曲、协奏曲和室内乐中听出了废墟、尸骨和墓碑。“等待处决是一个折磨了我一辈子的主题。”[1] 我就顺势听出了迫害、焦虑和死亡。肖斯塔科维奇说，他的《第十交响曲》第二乐章谐谑曲，是为斯大林作的一幅漫画肖像。好的，我就继续寻找隐蔽在音符中、针对独裁者的讽刺。

1　以上三处引文，分别见《肖斯塔科维奇回忆录》第 41 页、第 222 页和第 253 页。

除了肖斯塔科维奇对自己音乐的解说，书中更多的是作曲家对于师友的回忆，比如戏剧导演梅耶霍尔德、小说家左琴科、音乐学家索列尔金斯基等人。若单论未披露过的史料，这部回忆录可算一座宝库。可惜，当时我阅历太浅，除了哪些人被逮捕，哪些人被处死，其他的都印象不深。印象较深的是这一段："事实上，索列尔金斯基是位大学者，会二十多种语言和几十种方言。他用古葡萄牙语写日记，为的是躲过窥探的眼睛。当然，他的古希腊语和拉丁语都讲得很流利。"[1] 读到这句，我一下子眼界大开：原来学习偏僻的语言还能派上这样的用场！

读过这部回忆录的读者，想必会有同样的体会。书中有数不清的段子、黑色幽默，有对同行（特别是斯特拉文斯基和普罗科菲耶夫）的酷评和挖苦，有对斯大林的讥讽和呵斥，有对被"清洗"的友人的追忆和缅怀，更有对自己所感受的"恐惧和战栗"的描写。这部回忆录，用文艺评论的套话来说，混合了泪水和微笑，混合了倾诉和谴责，是一位有良知的艺术家对独裁政治的控诉。我自然而然将这部书视为理解肖斯塔科维奇音乐的钥匙。

---

1 《肖斯塔科维奇回忆录》，第 84 页。

《见证》是如何诞生的?

如此宝贵的一份历史见证，其成书和出版的过程是曲折而惊悚的。伏尔科夫于 1960 年初识肖斯塔科维奇，当时他年仅 16 岁，为肖斯塔科维奇刚刚首演的《第八弦乐四重奏》写了一篇乐评。之后，他和作曲家时有来往，但并不亲密。1971 年，伏尔科夫出版了一部书，讲述列宁格勒的青年音乐家。写书过程中，伏尔科夫采访了肖斯塔科维奇，挖掘出不少乐坛掌故，所以作曲家同意为他的书作序。肖斯塔科维奇记忆的闸门一旦打开，便不想轻易关闭。据伏尔科夫讲，肖斯塔科维奇在一封信中写道:“已经开始的工作，你一定要继续。”这样看起来，是肖斯塔科维奇在积极推动后续的访谈，并且挑中了一位关系并不密切的年轻人来完成这项重要使命。

正式的访谈何时开始，伏尔科夫在前言中语焉不详，只说他 1972 年调往莫斯科，担任《苏联音乐》杂志的编辑，二人见面次数增多。但一共会面多少次，也未道及。根据伏尔科夫的说法，肖斯塔科维奇一有余暇，就主动打电话，催促他来家里长谈。肖斯塔科维奇为人腼腆，行事低调，不愿意讲述自己的过往。而伏尔科夫则特别擅长循循善诱，他采用迂回战术，让作曲家尽量回忆他的师友。这样，肖斯塔科维奇便放下包袱，滔滔不绝，而他个人的生活轨迹也就从对他人的回忆中一点一滴渗透出来。二人约定，所有访谈不能录音，伏尔科夫只能用速记来记录。伏尔科夫没有详述自己的编辑原则，只说打乱了访谈的顺序，将零散、杂乱的素材按照主题连缀成篇，最后用打字机敲出文稿。

据伏尔科夫的说法，肖斯塔科维奇仔细读过所有打字稿，并在各章首页写下“已读”二字，并签字表示认可。鉴于书中有太多触犯政治红线的话，肖斯塔科维奇只同意在他去世之后，书稿在西方出版。于是伏尔科夫按照约定，将打字稿通过秘密渠道，分批送到美国。1974 年 11 月，作曲家在一张合照下面，亲笔写下：“亲爱的所罗门 · 莫依谢耶维奇 · 伏尔科夫留念。季 · 肖斯塔科维奇赠于 1974 年 11 月 13 日。”后来又补上一句：“以志我们关于格拉祖诺夫、左琴科、梅耶霍尔德的谈话。季 · 肖。”这张照片印在《见证》英文本扉页的前面，标志伏尔科夫的工作得到作曲家的首肯。肖斯塔科维奇于 1975 年 8 月 15 日去世，而伏尔科夫申请移民美国，于 1976 年抵美。三年之后，这部回忆录在纽约出版，立即成为冷战时期投向苏联的一枚文化炸弹。

我们只需看看书中对斯大林的两段评论，便可以衡量此书所掀起的政治冲击波。“斯大林不在乎希特勒的意识形态。一旦他断定希特勒能帮他保持权益甚至扩大权益，他就立即和希特勒交了朋友。暴君和刽子手没有意识形态，他们只有狂热的权力欲。”到了下一章，我们又读到“半疯狂的斯大林，这个野兽和懦夫”。[1] 这就是多次凭借音乐作品获得“斯大林一等奖”、曾获列宁勋章和“人民艺术家”称号、54 岁入党的肖斯塔科维奇说的？难怪冷战高潮中的西方读者会又惊又喜！

就这样，一部经肖斯塔科维奇独家授权、通过秘密渠道被带到美国、震惊了西方知识界又遭苏联官方强烈谴责的回忆录，在英文版出版两年之后就以非常“国际化”的速度被译成中文，摆上了“内部书店”的书架。

案头既然有了肖斯塔科维奇这部“忏悔录”，我便以为他复杂难懂的音乐终于有了标准答案。此后，兴趣转移，对他的音乐关注渐少。但最近心血来潮，忽然想重温那些久违了的“剑”和“弩”。这一次，先以学术方式简单搜索了一下，这才发现，这部一度曾爱不释手的回忆录，竟然自出版之日便争议不断。读过几种英文资料集，我才对事情的来龙去脉，有了大致的了解。又在“豆瓣”上搜索，发现有几位高手几年前就在网上为此事过招，可见对专业人士来说，这不过是旧闻而已。但想到很多读者恐怕与我一样后知后觉，对于古典音乐界终归比较隔膜，所以综合近期读过的几种书，写下这篇综述，也算悼念我二十多年前对此书的膜拜。

---

1 《肖斯塔科维奇回忆录》，第 258 页，第 312 页。我根据英文本，对中译文稍有改动。

一篇书评引发三十年争议

1980 年，美国音乐学家劳莱尔·菲（Laurel Fay）在《俄罗斯评论》（*The Russian Review*）发表了一篇 10 页的书评，题为《肖斯塔科维奇对伏尔科夫：谁的见证？》。[1] 根据劳莱尔·菲的侦察，《见证》一书共 8 章，其中 7 章的开篇，都与肖斯塔科维奇早先公开发表过的回忆文章高度重合。劳莱尔·菲找出了最初刊发这些文章的俄文刊物，与《见证》一书进行比照。[2] 比如，第一章开篇不久，就有 6 个自然段讲述作曲家小时候学钢琴的经历，全部出自 1966 年肖斯塔科维奇发表在《苏联音乐》杂志第 9 期上的《自述》一文。又比如，第 5 章开头的 3 段，作曲家讲述自己的创作方式以及第七交响曲，与肖氏在 1966 年 12 月发表在《文学杂志》的文章完全一致。[3]

劳莱尔·菲后来发现，实际上《见证》全书所有 8 章的开头，都复制了肖斯塔科维奇早先发表过的文字。经过细致的比勘，她发现有些复制的段落与已刊文章在

---

1 Laurel E. Fay, "Shostakovich versus Volkov: Whose Testimony?", *The Russian Review* 39.4 (1980), pp. 484-493.

2 列表见 Fay 的书评第 488 页。

3 这两个例子，见中译本第 42 页最后一段到第 43 页倒数第三段（英文本第 4—5 页），以及中译本第 220 页倒数第三段至 221 页第一段（英文本第 154—155 页）。

文字上稍有异同，往往删去了有明确时间标志的句子。但有几处则是原封不动的原文照录，连标点符号都一模一样。难道肖氏能将自己已刊的文章倒背如流，然后一字不差地复述出来吗？到了2002年，劳莱尔·菲又发表《再议伏尔科夫的〈见证〉》一文，对二十多年前的书评做了补充。[1] 她曾请求出版社出示伏尔科夫的原始俄文打字稿，但遭拒绝。所幸她设法获得了俄文原稿的复印本，对比之后，伏尔科夫的“借用”就更为确凿。《见证》一书第5和第6章的开头，原封不动抄了180字和183字。第8章，伏尔科夫复制了肖斯塔科维奇对马雅可夫斯基的回忆文字，共231字，连格式和标点都与原刊文章一模一样。[2] 但是，伏尔科夫始终坚称，《见证》一书的所有材料，全部来自肖斯塔科维奇的口述，自己在编辑过程中从未使用任何先前已发表过的材料。那么，我们又如何解释这么多雷同的文字呢？

更为蹊跷之处，在于伏尔科夫所复制的文字，恰恰都出现在肖斯塔科维奇的签字页上。劳莱尔·菲提醒我们，所有已刊的文字，都经过了报刊检查，所以四平

---

1 Laurel E. Fay, “Volkov's *Testimony* Reconsidered”, in Malcolm Hamrick Brown (ed.), *A Shostakovich Casebook* (Bloomington: Indiana University Press, 2004), pp. 22-66. 这是劳莱尔·菲为这部论文集特意撰写的长文。Brown 编辑的这本论文集，我译作《肖斯塔科维奇争论汇编》。

2 Fay, “Volkov's *Testimony* Reconsidered”, p. 30.

八稳，没有任何犯忌讳的地方。她仔细检查了俄文打字稿的副本，发现所有这些“安全”的文字，字数虽不多，却刚好铺满肖氏签字的那几页打字纸。但翻过这几张签字页，后面的一页或者文字有明显的断裂，或者开始出现不和谐的声音。[1] 为什么凡是肖斯塔科维奇签字认可的那几页，也就是最能保障回忆录真实性的关键之处，都刚好复制了作曲家业已公开发表、毫无争议的文字呢？

如果我们稍微警觉一些，就会生出两个疑惑。

一、如果这些复制的文字都出自访谈，那么肖斯塔科维奇果真有照相机一般的记忆术，能将自己多年前的文章全文背诵，再对着伏尔科夫精确地复述一遍吗？这似乎有悖情理。那么这些摘录的段落，到底是不是作曲家原汁原味的口述呢？

二、为何肖斯塔科维奇的认可（“已读”）和签字，偏偏一概都出现在这些摘录文字的打字页上？换一个角度，凡是肖斯塔科维奇签字画押、正式认证的那几页，恰恰都根本无需“验真”。若苛刻的读者以小人之心度伏尔科夫之腹，做最不利的推断，则编辑者是否有可能采用了移花接木的手段，将作曲家公开发表过的、已通过检查的文字置于打字稿每一章之首，以获取或骗取肖

---

1 Fay, “Volkov’s *Testimony* Reconsidered”, pp. 39-40.

斯塔科维奇的签字呢?

如果这“八签名”有问题，那么我们自然会问：肖斯塔科维奇真的通读过伏尔科夫全部的口述记录吗?有无可能，他看到伏尔科夫拿来的、自己已刊的旧文，就放松警惕，欣然签字，而伏尔科夫一旦获得宝贵的签字，便可对签字页后面的文字随意处置呢?这两个疑惑，实际上直接质疑伏尔科夫所使用材料的真伪。即使全书不统统是伪造，但只要发现有部分文字并非访谈的实录，而且肖斯塔科维奇的“授权”存有些微的疑问，则全书的史料价值就不知要打多少折扣了。

我们来看劳莱尔·菲这两篇文章的结论。1980年，当时《见证》的英文版刚刚出版不到一年，她这样总结：

> 很明显,《见证》一书的真实性非常存疑。伏尔科夫的方法令人生疑，他的研究不够充分，不能让我们完全接受他所说的这部回忆录的性质和内容。他自己称，这本书自身就足以证明自己的真实，这种说法只是循环论证。肖斯塔科维奇在手稿上的签名，如果是真实的，也不必然证明手稿本身的真实性。这份手稿已被交予西方不明就里的公众。如果伏尔科夫有能够证明这些回忆的坚实证据（solid proof），比如原始记录稿、作曲家的信或其

他文件，他就必须做好准备，公布这些证据，接受审核。在尚未看到这些实实在在的证据（tangible proof）之前，我们只能自己猜测在肖斯塔科维奇的真实回忆录和伏尔科夫丰富的想象力之间，界限到底在哪里。[1]

下面是她在2002年对这桩公案的结论：

所有这一切，让我们怎么想？这让我越来越确信《见证》一书并不是肖斯塔科维奇自愿留赠给我们的文字见证，更不像有些人所吹嘘的那样是肖斯塔科维奇研究的“圣经”。《见证》顶多是一个模拟出的独白（a simulated monologue），一份被剥夺了原始问答场景和时间的剪辑（montage），作者是未经证实的代笔者（ghostwriter），他反反复复宣称他完全不了解作曲家已经发表的文字以及有关作曲家的那些发表文字，而且有时还承认自己依靠猜测。

最坏的情况是，《见证》是一部伪作。伏尔科夫也许认为，他为迎合冷战心理而包装和推销了这位著名作曲家的一部“回忆录”，这是为全世界做

1 Fay, “Shostakovich versus Volkov”, p. 493.

了一桩好事。但这本书的存在，已经是对作曲家的原则和理念的一种粗暴的背叛。[1]

劳莱尔·菲写于1980年的这篇书评，打响了质疑《见证》的第一枪。质疑过程几起几落，到了2004年，印第安纳大学出版社出版了《肖斯塔科维奇争论汇编》（*A Shostakovich Casebook*）一书，将质疑派有分量的文章和资料汇于一编，是充分了解批评声音的最佳门径。在这部《争论汇编》第69—79页上，编者将上面提到的《见证》一书中8章的开篇文字，和它们的原始出处，都分栏排列，方便读者自行核对。

亲友团的证词

《见证》的英文本于1979年出版时，肖斯塔科维奇已去世四年。斯人已逝，死无对证，只有作曲家的8个签名算是伏尔科夫的护身符，也是《见证》一书史料真实性的保证书。但伏尔科夫对肖斯塔科维奇进行的多次私下访谈，真的只是天知地知、你知我知吗？

其实这些采访中，至少有几次是有他人在场的。鲍里斯·季先科（Boris Tishchenko）是肖斯塔科维奇的

1 Fay, “Volkov’s *Testimony* Reconsidered”, pp. 57-58.

学生，也是一位作曲家。他在1988年和1997年两次发表对《见证》的看法。根据他的说法，肖斯塔科维奇当年同意接受访谈时，前提条件是季先科也必须在场。而且，季先科和伏尔科夫当初有过君子协定，访谈的记录稿必须事后交他审阅。但是，伏尔科夫从未将采访记录让他过目。季先科愤怒地声明：

> 我可以发誓，这本书是伪造的，我以《圣经》的名义起誓。肖斯塔科维奇对我说："你看，他一定要跟我见面，你也来参加吧。"所以我也去了。肖斯塔科维奇说的话，可以收进最薄的笔记本中，而传出来的打字稿却有400页之多。在他[伏尔科夫]离开苏联之前，他信誓旦旦地说，要把和肖斯塔科维奇交谈的记录稿留给我一份。但他从未给过我。[1]

看来，季先科只是一名"中介"，当他穿针引线之后，便被伏尔科夫完全抛弃了。而且，季先科认为访谈的次数非常有限，实不足以写成一部长篇回忆录。

而根据肖斯塔科维奇第三任妻子伊莉娜（Irina Shostakovich）的回忆：

---

1 *A Shostakovich Casebook*, p. 134. 以下这本书都简称《争论汇编》。

> 一共有三次会谈，每次的时间两个小时到两个半小时，不会再长了，因为肖斯塔科维奇厌倦长时间的谈天，对谈话失去兴趣。[1]

伊莉娜断然否认伏尔科夫与作曲家约好时间，私下会晤，因为肖斯塔科维奇到了晚年，身体虚弱，身边时刻离不开人照顾。如果访谈果真只有为数不多的几次，总时间加起来不会超过 10 小时，那么访谈记录需要膨胀多少倍，才能扩成近 300 页的一本书呢？

在肖斯塔科维奇的亲友中，他的儿子马克西姆·肖斯塔科维奇（Maxim Shostakovich）的态度颇耐人寻味。他是肖氏第一位妻子所生，循着父亲的轨迹，上了列宁格勒音乐学院，后来成为一名指挥家。《见证》刚刚出版两三周之后，马克西姆在苏联版权局召开的记者招待会上说：伏尔科夫只和肖氏谈了四次，每次不足两小时。在 1979 年 11 月的一篇长篇回复中，他又补充说，《见证》的很多内容来自伏尔科夫，里面既有传闻也有访谈，但都经过伏尔科夫的发挥，却归到肖斯塔科维奇名下。[2]

考虑到 1979 年的政治局势，马克西姆当时或许身

---

1 《争论汇编》，第 130 页。

2 引自 Laurel Fay, "Volkov's *Testimony* Reconsidered"，见《争论汇编》，第 46—47 页。

不由己，这样的反应不一定能代表他真实的意见。但马克西姆于1981年4月从苏联出走，到达西方。4月23日，他在华盛顿举行首次记者招待会，表达了相同的意见，说《见证》基于道听途说，将肖斯塔科维奇在酒席上、友人间的闲谈加上传闻编织在一起。在稍后的访谈中，马克西姆的话说得更为明确：

> 这不是我父亲的回忆录。这是所罗门·伏尔科夫先生写的书。伏尔科夫先生必须解释这部书是怎样写成的……这本书写的是我父亲，但不是我父亲所写。[1]

马克西姆人在苏联时，或许还有所忌惮，必须与官方口径保持一致。但一旦挣脱枷锁，投奔了“自由世界”，按说应该畅所欲言，将被压制住的真相和盘托出。只是他出走之后仍然坚持对《见证》的看法，这就更说明一些问题（他态度的转变详后）。

1 《争论汇编》，第47页。

出版商的“封口费”

《见证》不仅在出版后引起争议，就是在出版之前，也早就有人质疑。1979 年 4 月，距离英文本出版还有六个月，旅居美国的苏联音乐学家奥洛夫（Henry Orlov）接到 Harper & Row 出版社一封诡异的来信。《见证》一书的责任编辑安·哈里斯（Ann Harris）邀请他来鉴定这部书稿的真伪，但“安保”等级却提升到最高级：奥洛夫必须亲赴出版社的纽约总部（他自己住在波士顿）；他阅读文稿时，必须一直有编辑在场监督；他所做的笔记必须留在出版社，不得带走；所有的笔记以及正式的鉴定意见，均不得保留副本。[1] 种种苛刻的规定，让奥洛夫深感诧异：他即将读到的，不像是一位作曲家的自述，倒更像是 007 的回忆录。

这样防贼一般的措施，当然伤害了奥洛夫的自尊心，于是他对出版社的请求敬谢不敏。但四个月之后，责编再次致信，依然请他出马，但这一次的保密条款却宽松多了。1979 年 8 月 28 日，奥洛夫在编辑眼皮底下读完书稿，并写下 6 页的评审意见。《争论汇编》一书将这份内部意见的打印稿，也影印出来（第 111—116 页）。奥洛夫的意见之所以格外重要，原因有二。一、

1　这封诡异的来信，影印件见《争论汇编》第 102 页。

奥洛夫是逃到西方的苏联音乐学家，被苏联作曲家协会的领导斥之为“叛徒”，所以他没有任何理由反对《见证》一书的政治立场，完全犯不上去维护苏联的形象。二、这是《见证》出版之前、由专门研究苏联音乐的音乐学家所撰写的鉴定意见，没有受到后来争议的干扰，是一份独立的报告。

奥洛夫认为，一部回忆录，内容是不是第一手材料，最为关键。但这一点在书中却找不到足够的证据。按他的话来说：

> 伏尔科夫先生说，他没有将肖斯塔科维奇的原话直接记录下来，而是“以个人速记的方式”做了笔记，然后将笔记“组织”成更大的段落和章节。不幸的是，手稿上没有留下痕迹，能告诉我们他提的问题到底是什么、肖斯塔科维奇准确的回答到底是什么。即使我们承认伏尔科夫先生是忠实、尽责的解释者，我们依然必须面对这个问题：对于回忆录来说，最重要的问题是，是否包含第一手的材料，而这一点在他所编辑的肖斯塔科维奇的见证中是看不到的。这不能当作证词（testimony），同样，即使是最亲密、最了解他的朋友替他说的话，任何法庭都不会当作证人的证词。很显然，我们读到的是基于肖斯塔科维奇的陈述和谈话、由伏尔科夫先

生自己独创的文学作品……没有引证或提及任何材料，只给出极少的日期，大多数人名都隐去，满纸都是谣传和传闻。年迈、患病的作曲家完全凭记忆在说话，他自己的记忆是否准确，要比编辑者的记忆是否准确，更令我们担忧。[1]

对于肖氏的 8 处签名和"已读"，奥洛夫认为并不一定能保障材料的真实："'已读'就是'已读'，没有更多的意思。"[2] 也就是说，伏尔科夫自认为手握的尚方宝剑，也不一定有预想中那么大的威力。

在审稿中间，奥洛夫问责任编辑，他这份短时间内写成的鉴定意见是否会对出版有任何影响。不料编辑淡然答道：无任何影响，因为两周之后，《见证》一书将以五种语言在欧洲推出。看来，出版社征求奥洛夫的意见，完全是走过场。但这个华丽的过场非常昂贵，为他带来极其优厚的报酬——1979 年的 500 美元。既然他的意见无足轻重，为何编辑要煞费苦心，来专程拜访？奥洛夫猜测，这可能是伏尔科夫预先定下的计策，将潜在的批评者预先聘为审稿人。审稿意见按照合同规定不得随意公布，这样就等于"封住了我的嘴"（to buy my silence）。[3]

1 《争论汇编》，第 107 页。

2 《争论汇编》，第 108 页。

3 《争论汇编》，第 118 页。

伏尔科夫的捍卫者：克格勃与照相机一般的记忆术

面对各方质疑，伏尔科夫岿然不动，极少回应。他的理由是：不管我说什么，反正都没人信。这种无可奈何，被批评者解读为心虚胆怯。但伏尔科夫也有自己的拥趸，最铁杆儿的当数阿兰·何（Allan Ho）与费奥法诺夫（Dmitry Feofanov），前一位是音乐学家，后一位是律师。他们合编的《重审肖斯塔科维奇》是一部将近800页的砖头书，由不太知名的Toccata出版社出版。[1]书中最核心的部分，是两位编者合写的长达300页的辩护书，对以劳莱尔·菲为代表的质疑派，做了最为详尽的驳斥。两位编者均好辩，火气大，行文有时如大字报，偶有人身攻击，但搜集材料之功也不可埋没。下面几点，是我奋力从书中提炼出的部分观点。

两位编者慨然以伏尔科夫的辩护律师自任，为回击劳莱尔·菲的批评，他们力证肖斯塔科维奇天赋异禀，具有惊人的记忆力。据亲朋好友回忆，肖斯塔科维奇几乎将所有古典音乐的谱子都印在脑子里。他对自己的音乐更是烂熟于胸，往往多年之后，在毫无准备的情

---

1 Allan Ho and Dmitry Feofanov, *Shostakovich Reconsidered* (London: Toccata, 1998).

况下，就能在钢琴上从头到尾准确弹奏出自己创作的大型作品。在文学方面，他可以大段背诵契诃夫和果戈理的小说。[1] 这样看起来，能一字不落地复述自己的文章，简直是雕虫小技。但这样的辩解，终归属于猜测，很难完全接受，也很难彻底证伪。凡是从记忆力入手的辩护，都有这样的问题。

更有特色的辩护，是两位编者引入了克格勃。苏联档案解密之后，人们发现了当时中央委员会的一份会议纪要。这份纪要的日期是 1978 年 12 月 14 日，距《见证》的出版还有一年时间。看来苏联官方已事先接获情报，知道有一部恶毒攻击苏共的回忆录正在西方酝酿出版。纪要给出的应对措施，是“揭露美国 Harper & Row 出版社的挑衅行为”。如果版权局无法阻止该书出版，则建议“通过苏联和境外的媒体机构，将该书描绘为诋毁这位伟大作曲家、反对苏联的伪造作品”。[2] 由此可见，《见证》在出版前一年，已经惊动了苏联高层，并被定性为冷战期间的政治阴谋。

这份纪要所提出的国内外媒体协同作战，在一年之后，是如何落实的呢？苏联国内的情况，很容易汇集。比如，《真理报》发了社论予以谴责，肖斯塔科维奇的

1 Ho and Feofanov, *Shostakovich Reconsidered*, pp. 190-194.

2 Ho and Feofanov, *Shostakovich Reconsidered*, p. 54.

六位学生和友人联名发表了公开信，将《见证》斥为伪造（公开信是自发还是被迫，一直有争议）。这些都是公开发表的文件。但苏联政府在境外策划和发动的舆论围攻，尚无明证。而《重审肖斯塔科维奇》一书的两位编者，却写下这样的评论："《见证》是反苏的伪作，这个思路被一些西方评论家自觉自愿地照搬过来。"[1] 这句话，虽不至于暗示这些批评者是领了卢布的，但至少显示西方批评者与克格勃沆瀣一气。冷战期间，西方文化界确有不少"鼹鼠"，为克格勃效力。但是，如果暗示凡质疑《见证》者，都受到克格勃的操纵，这个脑洞就开得未免有点太大了。《见证》的批评者中，不排除有人是执行政治任务，而终究还有人是尽了学者的职责，以学术的严谨、入情入理的分析来衡量史料的真伪。两位编者似乎不愿承认学者有独立的学术判断。这样的揣测，只会大大降低《重审肖斯塔科维奇》一书的可信度。牛津大学出版社之所以拒绝出版该书，我想或许与书中诸多武断的说法不无关系。

马克西姆·肖斯塔科维奇在 1981 年之后，对伏尔科夫的态度有了很大变化，批评的调门大大降低。他多次与伏尔科夫一同参加以肖斯塔科维奇为主题的学术会议，甚至还当面感谢过伏尔科夫。阿兰·何和费奥法诺

1　Ho and Feofanov, *Shostakovich Reconsidered*, p. 54.

夫罗列了二人和解和亲密合作的所有场合。但是，如果仔细品味马克西姆后来这些发言和采访，我们会发现，他虽然对《见证》一书的政治意义极度推崇，而对于材料的真伪、转述是否可靠等问题，却有意回避。比如，他在 1992 年曾说："我想借此机会，感谢你写我父亲的那本书（your book about my father）——因为你描写了这位伟大的艺术家遭受痛苦的政治环境。我认为这是这本书最重要的一点。"[1] 这句话在修辞上其实是极其讲究和克制的。两位编者过度相信这些话的字面义，试图拿马克西姆态度的变化来做文章，寻找论证的突破口，其实是行不通的。

"给死者浇上肉冻"

围绕《见证》一书的争论，已长达三十多年。英国音乐学家范宁（David Fanning）曾指出，伏尔科夫若真想平息争议，最简单也是最有效的方法，就是将谈话记录的原始速记稿公之于众，接受学界的检验。这样，科学家可以鉴定纸、墨、笔迹，公众也可以见识一下他的速记。特别是《见证》一书全部 8 章的开篇，也就是被查出袭用已发表文字的段落，是否也见于原始记录，自

1 Ho and Feofanov, *Shostakovich Reconsidered*, p. 113.

然会一目了然。[1] 但是，伏尔科夫始终不愿展示这一关键证据。他的拥趸对此有不同说法：有人说他离开苏联时，将原始记录交托亲属保管，现已无法取回；另有人说原稿掌握在克格勃手中。[2] 最原始的速记稿既已不见踪迹，那么肖斯塔科维奇签过字的打字稿呢？在 1995 年一次访谈中，伏尔科夫自己说，打字稿现存放在一家瑞士银行的保险库里，因为各路人马都不择手段，企图得到这份文稿。[3] 总之，无论是速记稿，还是打字稿，所有原始文件的下落，只能用“扑朔迷离”来形容了。另有评论家注意到，伏尔科夫在出版《见证》之后，又继续推出了几部口述史，访谈的都是苏联的文化名人。他的工作自有一套规律，所有访谈都是在被采访者谢世之后，才正式出版（比如对诗人布罗斯基的访谈）。这样的工作习惯，与《见证》一书的制作过程十分相似，难免让人产生死无对证的联想。

读过《争论汇编》，读过《重审肖斯塔科维奇》，再读一遍《见证》，我发现这桩案子所有的疑点都不曾得到满意的解答。特别是肖斯塔科维奇签字认证的那 8 页打字纸，本是伏尔科夫的护身符，却成为批评者不断点中的死穴。即使退一步讲，伏尔科夫的口述史或许大

---

1 《争论汇编》，第 277 页。

2 《争论汇编》，第 282 页，第 19 条注释。

3 Ho and Feofanov, *Shostakovich Reconsidered*, p. 321.

致勾画了晚年肖斯塔科维奇的风貌，但书中究竟哪些是肖斯塔科维奇的原话，哪些是伏尔科夫的增饰和演义，哪些又是当时口耳相传的段子和轶事，如果这其间的界线依然模糊，那么我们使用《见证》一书作为可靠的史料，就必须慎之又慎。劳莱尔·菲在 1999 年出版的《肖斯塔科维奇传》中，对于《见证》一书是这样定位的：

> 在西方世界，对于肖斯塔科维奇和他音乐的高涨的热情，是由一颗政治炸弹引发的，也就是 1979 年所罗门·伏尔科夫《见证》一书的出版。这本书刺激了公众的兴趣，宣称是作曲家自己的回忆录（purporting to be the composer's memoirs）。[1]

她在自己所写的传记中虽几次引用《见证》，但大部分是纠正伏尔科夫版本中的错误信息。[2]

当年在西绒线胡同买书时，我满心欢喜，以为能听到肖斯塔科维奇真实的声音，却万万想不到伏尔科夫的“如是我闻”竟会有这许多待解之谜。辨伪、考证，这

---

1 Laurel E. Fay, *Shostakovich: A Life* (New York: Oxford University Press, 1999; paperback, 2004), p. 286.

2 比如，第 296 页第 29 条注释，纠正史实；第 327 页，第 14 条注释，《第十交响曲》第二乐章不是刻画斯大林。

些听上去无比繁琐枯燥的学术工作，其实离我们并不遥远，有时会直接颠覆曾经塑成我们世界观的书籍。想想我在“前学术阶段”、初读《见证》时所感到的激动和震撼，现在虽不能说有上当受骗之感，但是难免会感到一丝自嘲和落寞。历史学家陈垣在论考寻史源时，引用过两句《诗经》：“莫信人之言，人实诳汝。”这实在是两句金言。

在《见证》第一章结束的地方，肖斯塔科维奇对于回忆和历史有辛辣的评论。这段话出现在中译本第74—75页，我根据英译本（第30页）对中译文和标点做了大幅改动：

> 一个人死了，别人就把他盛在盘子里端上来，喂后代子孙。就是说，把他拾掇好了，送上后代的饭桌，让他们脖子上围着餐巾，手里拿着刀叉，开始吃刚刚去世的死者。你知道，死人有个讨厌的毛病，就是凉得太慢。他们都滚烫滚烫的，所以才在他们身上浇上回忆，把他们变成肉冻——最好的胶质。……我回忆所认识的人，都尽力回忆他们没有裹上胶质的样子。我不往他们身上浇肉冻，不想把他们变成美味的菜肴。我知道，美味的菜肴容易下咽，也容易消化。但它最后变成了什么，你也明白。

劳莱尔·菲等音乐学家都在问：伏尔科夫给肖斯塔科维奇的回忆浇上肉冻了吗？浇了多少？但可悲的是，即使这段非常毒舌的话，谁又能保证一定就是肖斯塔科维奇的原话呢？

（本文最初刊登于 2015 年 11 月 12 日《澎湃新闻·上海书评》。目前这一版加入所有注释，文字略有增加。）

图书在版编目（CIP）数据

书自有命 / 高峰枫著. -- 上海 : 上海文艺出版社, 2024

ISBN 978-7-5321-8994-6

Ⅰ. ①书… Ⅱ. ①高… Ⅲ. ①文化研究－文集 Ⅳ. ①G0-53

中国国家版本馆CIP数据核字(2024)第056554号

发 行 人：毕　胜
责任编辑：肖海鸥
封面设计：周安迪
内文制作：常　亭

书　　名：书自有命
作　　者：高峰枫
出　　版：上海世纪出版集团　上海文艺出版社
地　　址：上海市闵行区号景路159弄A座2楼 201101
发　　行：上海文艺出版社发行中心
上海市闵行区号景路159弄A座2楼206室 201101 www.ewen.co
印　　刷：苏州市越洋印刷有限公司
开　　本：1240×890 1/32
印　　张：7.875
插　　页：2
字　　数：136,000
印　　次：2024年8月第1版 2024年8月第1次印刷
I S B N：978-7-5321-8994-6/I.7084
定　　价：58.00元
告 读 者：如发现本书有质量问题请与印刷厂质量科联系　T: 0512-68180628